KB273551

스토리텔링에
강한 아이로 키워라

스토리텔링에
강한 아이로 키워라

내 아이 미래의 힘은 스토리텔링이다

박성철 지음

초판 1쇄 발행 | 2013년 3월 10일
펴낸이 | 정세민
펴낸곳 | 크레용하우스
출판등록 | 제5-80호
주소 | 서울 광진구 구의동 58-8
전화 | (02)3436-1711
팩스 | (02)3436-1410
홈페이지 | www.crayonhouse.co.kr
이메일 | crayon@crayonhouse.co.kr

ISBN 978-89-5547-301-8 13810

스토리텔링에 강한 아이로 키워라

Make your child have a storytelling ability 박성철 지음

크레용하우스

머리말

요즘 교육계에서 화두가 되고 있는 용어들이 있다. 입학사정관제, 자기주도적 학습, 스마트 교육, 창의 인성 등의 용어들이다. 학부모 입장에서 모두가 호락호락하지 않은 단어다.

입학사정관제만 해도 준비해야 할 것이 한두 가지가 아니다. 학부모 입장에서는 아이들을 어떻게 키워야 할지 막막하기만 할 것이다. 그런데 교육 전문가의 입장에서 보면 이런 교육 용어들은 하나의 인간형을 키우기 위한 것으로 귀결된다. 즉 위에서 언급한 교육 용어들의 궁극적인 목표는 같다. 바로 '스토리텔링형 인간'으로 키우는 것이다.

그렇다. 앞으로 세상을 지배하는 것은 스펙이 아니라 스토리텔링이다. 학력과 학점, 토익 점수를 비롯한 영어 자격증, 그 밖의 여러 가지 자격증 등 자신의 능력을 증명하기 위한 요소들을 가리키는 스펙은 이제 너무 일상적인 단어가 되어 버렸다.

그런데 지난 몇 년의 변화를 많은 학부모들은 모르고 있다. 이미 스펙의 시대는 가고 '스토리'의 시대가 도래했다는 사실을. 그리고 이 스토리의 시대는 향후 몇 십 년간은 지속될 것이라는 사실도. 대학에 입학하기 위해, 특목고에 입학하기 위해 필요한 것은 성적만이 아니다. 내 자녀가 치열한 입시 전쟁을 뚫기 위해서는 이제 성적이라는 '스펙'이 아니라 어떤 관문도 뚫어 내고 마는 최신식 비밀 병기인 '스토리'가 필요하다.

최근 입시 제도의 가장 큰 쟁점은 '입학사정관제'다. 대학에서만 실시되던 입학사정관제는 사실상 이미 외고와 과학고에서도 실시되고 있다. 그 변화를 학부모들은 인지하지 못하고 있다. 교육과학기술부가 주도하는 고교, 대학 입시는 이제 '스토리텔링'을 갖춘 학생을 선발하는 데 주안점을 두고 있다. 교육과정 자체에도 2013학년도부터 초등학생들을 대상으로 스토리텔링 방식의 수학 교과서가 도입되었다. 그뿐 아니다. 기업도 너나할 것 없이 스토리텔링 능력을 갖춘 사람을 최고의 인재로 설정해 직원을 뽑고 있다.

내 아이를 스토리텔링형 아이로 키우지 않으면 대학은 물론이고 사회에서도 뒤처지게 되는 것이다.

우리나라뿐 아니라 교육 선진국들의 흐름은 이제 모두 스토리텔링형 인간 만들기와 괘를 같이하고 있다. 일찍이 입학사정관제가 실시되고 있는 미국, 전 세계의 주목을 받고 있는 핀란드, 그리고 유럽 선진국들은 스토리텔링 능력을 갖춘 인재를 기르는 것을 교육목표로 삼고 있다.

늦었지만 이제 한국의 학부모들도 내 아이가 입시 전쟁에서 승리하기 원한다면, 또 치열한 세상에서 승자가 되기 원한다면 '스토리텔링형 인간'으로 키우는 데 두 팔 걷고 나서야 한다.

이 책은 대한민국 최초로 스토리텔링형 아이로 키우는 방법을 제시하고 있다.

작가로서, 교사로서, 교육 강연가로서 교육의 최일선에서 뛰고 있는 나의 모든 노하우를 담았다. 부디 이 책이 당신의 자녀가 입시에서도, 세상에서도 성공하는 온리 원(only one)이 되는데 도움이 되길 바란다.

박성철

차 례

3 / 스토리 있는
아이가 미래 인재가 되는 이유

4 / 스토리텔링에 강한 아이로
만드는 것은 엄마의 힘이다

지금은 스토리텔링의 시대

아이들에게 왜 스토리텔링이 필요한가?

외국어고, 과학고에 가려면 스토리가 있어야 한다

외국어고, 과학고가 요구하는 자기계발계획서와 스토리텔링의 관계

이제 중학교도 스토리텔링을 요구하는 시대다

S T O R Y T E L L I N G

이제 교육도 스토리텔링의 시대다

지금은
스토리텔링의 시대

공개 오디션 프로그램이 대유행이다. '슈퍼스타K'를 기점으로 '위대한 탄생'에 이르기까지 대박 신화를 만들어가고 있다. 2010년 사람들은 '슈퍼스타K 2'에 열광했다. 장재인, 강승윤, 김지수 등 새로운 스타를 탄생시키며 화제가 되었다.

파이널에 남은 사람은 존박과 허각이었다. 둘 다 뛰어난 가창력을 가지고 있었다. 존박이 훤칠한 외모를 바탕으로 처음부터 대중의 폭발적인 지지를 받으며 파이널까지 올라간 반면, 163센티미터의 작은 키에 푸근한 외모의 허각은 존박에 비해 월등한 부분이 없었다.

그런데 어떻게 허각은 존박을 누르고 진정한 슈퍼스타K로 우뚝

설 수 있었을까? 이유는 단 하나이다. <u>허각은 자신만의 스토리를 가지고 있었던 것이다.</u> 학력은 중졸, 직업은 보일러 수리공, 쌍둥이, 부모님의 이혼 등 그가 가진 모든 것이 악조건이었다. 그러나 그에게는 멋진 목소리와 꿈은 이루어진다는 간절한 희망이 있었다.

그렇다. 그에게는 상대에게 없는 무엇인가가 있었다. 바로 자신만의 스토리였고, 그것은 사람들의 마음을 움직이는 강력한 무기가 되었다.

2011년 '슈퍼스타K 3'를 통해 스타로 떠오른 울랄라세션 역시 스토리의 강력한 힘이 있었다. 무려 15년이라는 무명 세월을 이겨내고 수없는 좌절 끝에 공개 오디션에 도전했다는 스토리, 리더 임윤택이 암에 걸린 역경 속에서도 한 우물 파기를 멈추지 않았다는 스토리는 사람들의 가슴을 감동이라는 단어로 자극시켰다. 그리고 그들을 스타덤에 우뚝 서게 만들었다.

현대는 어떤 시대라고 생각하는가? 사람들은 '스토리의 시대'라고 정의하고 있다.

<u>"기업과 시장을 주도하려거든 이야기꾼(Storyteller)이 되어라."</u>

<u>『드림소사이어티』(2000)의 저자이자 덴마크의 미래학자인 롤프 옌센(Rolf Jensen)이 2007년 우리나라에서 열린 세계지식포럼에 참가하여 강조한 말이다.</u>

<u>독일의 명품 가전 회사 밀레의 사장 마르쿠스 밀레(Markus Miele)는 지금의 시대를 단호하게 'Story is money'인 시대라고 정의했다.</u>

커피를 좋아하는 사람이라면 커피 내음이 주는 그 자극을 쉽게 잊지 못할 것이다. 커피 하면 많은 사람들이 '스타벅스'라는 단어를 떠올리고 스타벅스 하면 '맛있는 커피를 만드는 곳'이라는 생각이 떠오를 것이다.

하지만 나는 스타벅스 하면 '스토리'와 '사랑'이라는 두 단어가 떠오른다. 스타벅스라는 이름이 만들어진 배경에는 여러 이야기가 있지만 정설은 허먼 멜빌의 소설『모비 딕』에 관련된 것이다. 포경선 피쿼드(Pequod)호에 탄 일등 항해사 가운데 커피를 무척 좋아하는 사람이 있는데 그의 이름 스타벅(Starbuck)에서 따왔다고 한다.

스타벅스 로고에 대해서도 스토리가 있다. 우리가 흔히 보는 스타벅스 로고의 모델은 그리스신화에 등장하는 바다의 요정 세이렌(Seiren)이다. 호메로스의『오디세이』에 나오는 세이렌은 아름다운 노래 소리로 선원들을 유혹하여 배를 난파시킨 후 선원들을 잡아먹는 요정이다. 오디세이는 부하들이 노래를 듣지 못하도록 귀를 밀초로 막게 하고 자신의 몸은 돛대에 묶어서 간신히 섬을 빠져나갔다고 한다. 스타벅스의 로고에는 세이렌이 노래 소리로 유혹하듯이 스타벅스의 커피 향으로 사람들을 유혹하겠다는 이야기가 숨어 있는 것이다.

커피 안에 든 스토리만큼이나 중요한 것은 스타벅스를 지금의 자리로 키워낸 최고의 CEO 하워드 슐츠의 '사랑'이다. 그 사랑에 대해 세스 고딘(Seth Godin)은 이렇게 말했다.

"스타벅스 커피는 정말 맛있다. 이유는 간단하다. 스타벅스의 CEO 하워드 슐츠가 커피를 사랑하기 때문이다. 스타벅스의 초콜릿이 그들의 커피만큼 뛰어나지 않다는 사실은 흥미롭다. 하워드는 커피를 아는 만큼 초콜릿을 알지 못하는 게 분명하다. 스타벅스는 초콜릿에 마음을 빼앗기지 않았다. 그들은 그저 갖다 팔 뿐이다. 당신은 마음을 빼앗겼는가, 아니면 그저 생계를 위해 일하고 있는가?" [01]

이제 고개가 끄덕여지는가? 대대적인 광고도 하지 않고 커피 가격이 싼 것도 아닌데 스타벅스가 세계를 장악하는 커피 브랜드가 된 이유는 '스토리'와 '사랑'이라는 멋진 무기가 있기 때문이라는 사실에 말이다.

우리의 뇌리에 강렬하게 자리 잡고 있는 또 다른 상품들을 소개한다.

우리는 지포(Zippo)를 라이터의 대표 상품으로 기억한다. 그 이유는 베트남 전쟁에서 지포라이터로 총알을 막았다는 믿기 힘든 전설적인 이야기가 이 제품의 이면에 깔려 있기 때문이다. 실제 있었던 일인지는 밝혀진 바 없지만 이 스토리는 사람들을 자극했다. 전쟁에 참가하는 군인들의 손에는 어김없이 지포라이터가 들려 있게 되었다. 딱 하는 소리와 함께 뚜껑을 열고 부싯돌로 불을 붙이

---

01) 세스 고딘, 『보랏빛 소가 온다』, 남수영·이주형 옮김, 재인, 2004.

고, 라이터에 자신의 이름을 새기는 것이 유행처럼 번졌다. 그 스토리가 일반인들의 구매욕에 불을 지폈음은 두말할 나위 없다.

오토바이의 명품 할리데이비슨도 스토리를 이용해 제품을 파는 것으로 유명하다. 세계의 소비자들은 할리데이비슨 오토바이를 떠올릴 때 그 제품이 아니라 깃을 세운 검은 가죽점퍼에 선글라스를 끼고 거만하고 자신감 있게 어디론가 떠나는 자신의 모습을 상상하게 된다.

"우리가 파는 것은 오토바이가 아니다. 우리는 성공한 사람들에게 '억눌려 있는 자유'를 판다."라는 스토리로 최고의 오토바이 회사가 된 것이다.

세계 최고의 스포츠용품 회사 나이키는 마이클 조던의 '실패에도 굴하지 않는 도전 정신'이라는 스토리를 팔았기에 최고의 위치에 오를 수 있었다. 1985년 아디다스 신발의 모델이 되기를 갈망하고 있던 마이클 조던을 설득해 처음 계약을 맺었을 때만 해도 나이키는 세계 시장 점유율이 3위에 불과했다. 하지만 조던이 은퇴할 무렵에는 40% 이상의 점유율을 차지하며 세계 1위에 등극했다. 'Just do it'이라는 나이키의 표어를 앞세워 '실패에도 굴하지 않는 도전 정신'이라는 마이클 조던의 스토리를 팔았던 것이다.

"농구 선수로서 나는 9,000개 이상의 슛을 실패했고, 300여 게임에서 패배했다. 스물여섯 번의 게임 위닝 슛을 놓쳤다. 나는 아주 많은 실패를 거듭하며 살았다. 그것이 내가 성공할 수 있었던 이유이다.”

‘실패(Failure)’라는 시리즈 광고로 사람들을 나이키의 마니아가 되도록 만든 것이다. 나이키 신발을 신으면 조던처럼 높은 점프와 멋진 덩크슛을 할 수 있으리라는 상상을 사람들에게 심어준 것이다.

제임스 카메론 감독의 〈아바타〉 열풍이나 조앤 롤링의 〈해리포터〉 또한 스토리의 힘을 잘 보여주는 사례이다.

이뿐 아니라 경영자 자체를 제품을 상징하는 스토리로 내세워 성공한 회사들도 많다. 토털 패션의 세계적 명품 샤넬도 마찬가지다. 샤넬을 만든 가브리엘 샤넬 자체가 하나의 스토리였다. 진보적인 성격을 가진 그녀는 자신이 하나의 카탈로그 모델이었다. 그녀는 자신이 입은 옷, 자신이 가지고 다니는 소품 하나하나를 유행시켜버렸다.

“패션은 지나가도 스타일은 남는다.” 등의 패션에 대한 남다른 이야기들로 그녀 자신을 명품으로 만들었고, 샤넬 상품도 함께 명품으로 품격을 유지시켰다.

잘 알고 있듯이 마를린 먼로가 “침대에서 입은 유일한 옷은 샤넬 No.5뿐이다.”라는 말로 샤넬 향수의 스토리를 만들어주었고, 마침내 샤넬은 최고의 향수로 자리 잡게 되었다.

구두의 명품 페라가모도 창업자인 살바토레 페라가모의 스토리를 팔고 있다.

“아홉 살 때부터 구두를 만들기 시작했고, 오직 구두만 만들다

일생을 마감한 사람"이라는 창업주의 스토리를 통해 명품 구두로 자리매김할 수 있었다. 물론 평생 단골이었던 마를린 먼로의 파란만장한 인생도 이야기로 차용했기에 더욱 큰 성공을 거둘 수 있었다.

경영자의 스토리를 파는 회사로는 애플도 둘째가라면 서럽다. 애플은 컴퓨터를 파는 회사가 아니라 '디자인', '세련됨'을 파는 회사로 우리에게 인식되어 있다. 물론 이것은 CEO였던 고 스티브 잡스의 역할이 크다.

스티브 잡스는 애플을 세웠다가 쫓겨났고 다시 최고 경영자가 되어 아이폰, 아이패드, 아이팟을 만들었는데 제품 출시 선언 시 자신을 앞세워 소비자들에게 그와 상품을 "이전에는 없던, 앞으로도 없을 최고의 제품"이라는 스토리로 팔았다.

요즘 길을 가다 보면 원숭이 인형이 달린 가방이 많이 눈에 띈다. 바로 키플링 가방이다. 이 가방이 전 세계를 휩쓸 수 있었던 이유 역시 스토리 때문이다. 키플링, 어디선가 들어본 적이 있지 않은가? 그렇다. 우리가 잘 알고 있는『정글북』을 쓴 작가의 이름이 러드야드 키플링이다.『정글북』에 나오는 원시우림을 차용하여 원숭이 인형을 가방에 여러 형태로 달아 자신들만의 브랜드를 구축한 것이다.

우리나라 브랜드로 젊은이들에게 사랑받고 있는 왕관 모양의 액세서리 제이에스티나도 이 스토리를 적극 활용했다. 주얼리 시장의 강자로 떠오른 제이에스티나는 이탈리아의 공주이자 불가리아의 왕비인 조반나(Jovanna)의 이름에서 따온 브랜드이다. 그녀의 생활 이야기를 전부 제품에 결합시켜 대히트를 친 것이다.

그렇다면 자신만의 스토리를 쌓아가는 데 반드시 일인자가 되어야 할까? 절대 그렇지 않다. 1등이 아니더라도 자신만의 스토리를 쌓아나가면 보란 듯이 성공할 수 있다.

일본인들이 자랑하는 프로야구 기록이 하나 있다. 왕정치 선수가 세운 868개라는 세계 최다 홈런 기록이다. 이것은 세계 기네스북에 등재된 대기록이다. 그런데 일본 프로야구 선수 중에 세계 기네스북에 등재된 또 한 명이 있다. 그는 현재 주니치 드래곤즈의 코치로 있는 가와이 마사히로이다.

그의 기록은 바로 희생번트 세계 신기록이다. 메이저리그의 시카고 화이트삭스 등에서 1906년부터 1930년까지 뛰었던 에디 콜린스가 세운 511개가 최고 기록이었는데, 2003년 8월 20일 그가 512개로 기록을 깼다. 희생번트는 말 그대로 나를 죽이는 희생을 치르고서 다른 사람을 살리는 일이다. 비록 홈런왕 같은 화려한 타이틀은 아니지만 그 희생번트로 22년간의 선수 생활을 꾸준히 해온 것이다. 그리고 선수에서 은퇴하자마자 치열한 스카우트 쟁탈전 끝에 주니치 드래곤즈의 코치로 갔다.

홈런왕에 한 번 오르고 잠시 반짝한 후 어느 순간에 사라져버리는 선수가 태반인 현실에서 가와이 마사히로가 주목받는 이유는 무엇일까? 그가 번트 부분에서는 '진정한 선수'이기 때문이다.

오늘날의 세상은 진정한 선수를 원한다. 진정한 선수란 남들은 하지 못하는 자신만의 특기와 재능을 가진 사람을 말한다. 즉 자신만의 스토리를 만드는 사람이다.

20세기가 조직이 중요한 시대였다면 21세기는 개인이 중요시되는 시대이다. 개인 스스로가 비밀병기가 되어 자신의 스토리를 마음껏 발휘하며 살아가는 시대인 것이다.

'스토리'와 '스토리텔링', 이제 개인도 자신만의 스토리텔링을 만들어야 한다. 스토리텔링은 스토리(story) + 텔링(telling)의 합성어로서 상대방에게 알리고자 하는 바를 재미있고 생생한 이야기로 설득력 있게 전달하는 행위이다. 이때 이야기는 정확한 타깃을 설정하여 듣는 이의 흥미를 자극하고 새로운 것을 이해할 수 있는 계기를 마련해야 명확한 메시지로 전달될 수 있다.

스토리텔링은 취직하기 위해 갖추어야 하는 학력, 학점, 토익 점수 등을 가리키는 '스펙'과는 다른 차원의 것이다. 자신만이 쌓아갈 수 있는 스토리, 그것을 가지고 스토리텔링 능력을 갖추어나가는 사람이 미래 사회의 선두주자로 치고 나갈 수 있다.

"스토리의 시대인 것은 알겠는데 아이에게도 스토리가 필요해?"라는 질문을 던질지도 모르겠다. 그동안 아이의 점수를 올리거나 스펙 쌓기에 주력했다면 이제 방향을 급선회해야 한다.

교육 분야가 시대상을 가장 늦게 반영하는 곳이긴 하지만 이미 이 분야에도 개개인의 스토리를 중요시하는 시대가 도래한 상태이다.
그 사실을 인지하지 못하고 기존의 방법으로만 자녀를 지도한다면
훗날 아이를 잘못 키웠다는 자책감에 시달려야 할지도 모른다.

아이들에게
왜 스토리텔링이 필요한가?

나는 3월 학기 초에 처음으로 반 아이들을 만나면 자신의 꿈 목록을 적게 한다. 이 꿈 목록은 '가고 싶은 곳', '하고 싶은 일', '되고 싶은 것', '이것들을 이루기 위해 내가 할 일' 등 구체적이다.

여러 장 되는 종이를 나누어주고 적으라고 하면 아이들은 황당한 표정으로 나를 쳐다본다. 나는 아이들에게 눈을 감으라고 한 뒤 '존 고다드의 꿈의 목록' [02]과, 73개의 꿈을 쓰고 세계 50개국에 발자국

02) 17세의 소년 존 고다드는 1944년 어느 날 로스앤젤레스에 있는 자기 집 식탁에 앉아 하나의 계획을 떠올렸다. 그는 노란색 종이 한 장을 가져다가 맨 위에 '나의 인생 목표'라고 썼다. 제목 아래에다 그는 '탐험할 장소', '원시문화 답사', '등반할 산', '배워야 할 것들' 등 127가지의 인생 목표를 적어 내려갔다. 1972년 미국 《라이프》지가 존 고다드를 '꿈을 성취한 미국인'으로 대서특필했을 때, 그는 127개 목표 가운데 114개를 달성한 상태였고, 마침내 1980년 우주비행사가 되어 달에 감으로써 115개를 달성했다.

을 찍은 김수영의 이야기를 들려준다. 그러고 나서 생각의 시간을 가지게 하면 아이들은 꿈의 목록을 구체적으로 적기 시작한다.

1년이 지나 학년을 마칠 즈음에 나는 아이들에게 꿈 목록을 다시 돌려주며 이렇게 이야기한다.

"여러분, 1년 동안 자신의 꿈을 이루기 위해 어떤 노력을 했나요? 1년이 지난 지금 각자의 꿈의 목록을 고쳐도 괜찮아요. 그렇지만 꿈을 이루기 위한 노력의 발걸음은 절대 멈추지 마세요."

내가 학기 초마다 이 활동을 하는 이유는 아이들에게서 꿈이 없음을 목격했기 때문이다. 그나마 초등학교 때는 꿈이 몇 개는 된다. 연예인, 교사, 의사, 외교관 등. 그러나 꿈의 컬러, 즉 다양성은 없다. 아이들에게 물어보면 반에서 절반 이상은 연예인이 되는 게 꿈이다.

중·고등학생이 되면 꿈의 크기와 종류는 더욱 심각하게 줄어든다. 그리고 대학생에 이르면 꿈의 종류는 딱 세 가지 정도에 불과해진다.

1. 공무원 2. 대기업 취직 3. 전문직

이것이 전부다. 붕어빵 인생들을 살아가고 있는 것이다. 자신만의 스토리가 없는, 틀에 찍혀 나오는 붕어빵 같은 인생. 하지만 사회는 풍부한 스토리를 담은 살아 있는 인생을 원한다.

스토리의 시대에 스토리가 없는 인생을 살아가고 있는 아이들, 그

 스토리텔링에 강한 아이로 키워라

<u>아이들이 자신만의 스토리를 무장하고 스토리텔링으로 인생을 개척하도록 키우는 것이 부모의 역할이다.</u>

동국대 조벽 교수는 21세기에는 3D(dirty, difficult, dangerous) 대신 3A식으로 살아야 생존력이 높다고 목소리를 높이고 있다. 3A는 언제(anytime), 어디서나(anywhere), 누구와도(anyone) 만나고 일할 수 있는 능력이다.

20세기가 시키는 대로 명령대로 일하면 인재로 촉망받던 시대라면, 지금은 자신만의 스토리와 능력을 가지고 즐겁게 일하는 사람이 인재로 촉망받는 시대이다. 이 3A식 인간이 바로 스토리를 갖춘 스토리텔링형 인간과 맥을 같이한다.

이제 '스펙'은 일상적인 말이 되어버렸다. 학력과 학점, 토익 점수를 비롯한 영어 자격증, 그밖에 여러 자격증 등 기업에 자신의 능력을 증명하기 위한 요소들을 가리킨다.

그런데 지난 몇 년의 변화를 부모들은 모르고 있다. 이미 스펙의 시대는 가고 스토리의 시대가 도래했다는 사실을 말이다. 그리고 이 스토리의 시대는 향후 몇 십 년간은 지속될 것이다. 이제 교육의 화두 또한 스토리텔링 능력을 가진 아이로 키우는 것이다. 교육의 새로운 방향은 스토리텔링이다. 단지 입시에서의 방향이 아니라 평생교육 측면에서 말이다.

이제 취직을 위해서는 스펙이 아니라 스토리를 길러야 하며, 당장 눈앞에 닥친 '입학사정관제'의 치열한 관문을 뚫기 위해서 갖추어야 할 무기는 겉보기에는 그럴싸한 구닥다리 무기인 '스펙'이 아니라 최신식 비밀 병기인 '스토리'가 되어야 한다.

이재웅 한국콘텐츠진흥원 원장은 스토리텔링 능력을 갖춘 아이만이 살아남을 수 있는 사회가 도래했다고 단언한다.

"스토리텔링이 풍부한 아이로 키우려면 무엇보다 다양한 경험이 이뤄져야 합니다. 직간접 경험을 통해 새로운 통찰력이 생기고, 거기서 상상력의 발현이 시작되기 때문이죠. 독서야말로 다양한 경험을 쌓는 가장 좋은 방법입니다. 또 음악이든 미술이든 과학이든 장르를 구분하지 말고 재있고 즐겁게 접할 수 있도록 해주세요. 모든 경험은 재미를 줘야 진짜 자기만의 스토리가 되는 겁니다. 이제는 아이들이 공부를 얼마나 잘하느냐, 일류 대학을 가느냐가 중요한 시대가 아닙니다. 스토리를 갖지 못한 사람, 스토리텔링을 할 줄 모르는 사람은 도태될 것입니다. 미국의 경영학자 피터 드러커(Peter Ferdinand Drucker)는 인간의 수명이 길어지면서 서너 개의 직업이 필요하다고 말합니다. 다양한 직업, 다양한 삶을 살 수 있으려면 단순 지식이 아니라 그 사람의 이야기가 풍부해야 합니다." [03]

지금 교육계의 흐름과 정책도 이런 스토리텔링 능력을 가진 학생을 강력하게 요구하고 있다. 교육과학기술부는 중학교 2학년생(2012년 현재)이 고교 입시를 치르는 2014학년도부터 '성취평가제'를 도입한다고 발표했다. 성취평가제란 학생 수 대비 백분위로 내

---

03) 《여성중앙》 2010년 5월호.

 스토리텔링에 강한 아이로 키워라

신 등급을 나누는 현행 상대평가제가 아닌 학생 개개인의 성취도를 6개(A·B·C·D·E·F) 등급으로 구분하는 절대평가 방식을 말한다.

교육과학기술부는 성취평가제에 대해 다음과 같이 설명했다.

성취도별 의미와 성취율

성취도	성취율	의미(지식 습득과 이해, 응용력)
A	90% 이상	매우 우수하며, 새로운 상황에 일반화할 수 있음
B	90% 미만 ~ 80% 이상	우수하며, 새로운 상황에 대부분 일반화할 수 있음
C	80% 미만 ~ 70% 이상	만족할 만하며, 새로운 상황에 어느 정도 일반화할 수 있음
D	70% 미만 ~ 60% 이상	다소 미흡하며, 새로운 상황에 제한적으로 일반화할 수 있음
E	60% 미만 ~ 40% 이상	미흡하며, 새로운 상황에 거의 일반화할 수 없음
F	40% 미만	최소 성취 수준에 미달해, 별도 보정교육 없이 다음 단계의 교수·학습 활동을 정상적으로 수행하기 어려움

절대평가와 상대평가의 차이

구분	절대평가	상대평가
의미	집단 내 다른 학생들과 비교하지 않고 평가기준에 따라 성적을 매기는 방식	교육목표 달성도와 상관없이 비교집단 내 서열에 따라 성적을 매기는 방식
수업	토론수업·협동방식·과제수행 등 창의·인성 수업방식 활성화 용이	학습과정보다 결과를 중시하게 돼 교과내용을 잘 전달하는 데 초점
학생	다른 학생들과 경쟁이 아닌, 협동학습 분위기 조성이 용이	협동학습을 저해하고 이기적·기회주의적 학습태도를 양산
교사	학생에게 맞는 교수·학습활동 개선에 필요한 정보 제공	시험의 변별력 확보를 위해 학생들 간 성적 차이를 좁히기보다 넓히는 데 주목

※ 자료: 교육과학기술부 제공

성취평가제가 시행되면 어떤 점이 달라질까?

<u>성취평가제에서는 학생이 스스로, 능동적으로 주도하는 학업 능력이 강력하게 요구된다. 토론식·프로젝트식 협력 수업, 창의적 체험 활동(자율·동아리·봉사·진로 활동)의 중요성이 부각될 수밖에 없다. 이것은 입학사정관 전형(고교 입시의 자기주도적 학습 전형), 특기 적성·진로 계발 교육, 교과 선택 교육과정 등을 강조하는 교육 정책과 길을 같이한다.</u>

학생 스스로 학업 계획과 학습 전략을 세워 실행하고 예습·복습을 실천하는 태도를 가지지 않는다면 결코 좋은 결과가 나올 수 없다. 즉 현재 교육계에서 스토리텔링 능력과 자기주도적 학습 능력을 갖춘 아이를 강력하게 요구하고 있는 것이다. (성취평가제 도입은 특수 목저고(특목고)와 자립형 사립고(자사고) 진하을 꿈꾸는 학생들에게는 희소식이 될 듯하다. 우수한 학업 능력을 가졌음에도 우수한 학생들이 많이 모인 탓에 내신에서 좋지 않은 등급을 받았던 학생들이 유리해질 것이기 때문이다.)

교육과정만 스토리텔링 능력을 요구하는 것이 아니라 이제 교과서도 스토리텔링형으로 진화하고 있다. 교육과학기술부에서는 교과목에 스토리텔링을 도입하기 시작했다.

교육과학기술부에서는 2012년 1월 11일 '수학 교육 선진화 방안'을 발표하였다. 현재의 입시 대비 변별력 확보를 위한 수학 교육에 대폭 손질을 가한 것이다. 미래 대비 사고력과 창의력을 기르는 수학 교육으로 개선하는 쪽으로 방향을 잡았다.

수학 교육 선진화 방안의 기본 방향은 크게 세 가지로 '생각하는 힘을 키우는 수학', '쉽게 이해하고 재미있게 배우는 수학', '더불어 함께하는 수학'이다. 주요 내용은 다음과 같다.

기존 교과서: 요약된 설명과 공식, 문제 위주로 구성되었다.

개선될 교과서: 수학적 의미, 역사적 맥락 및 실생활 사례 등을 스토리텔링 방식을 통해 유기적으로 연계하였다.

생각하는 힘을 키우는 수학	쉽게 이해하고 재미있게 배우는 수학	더불어 함께하는 수학
▶기본 개념원리의 충실한 이해를 위한 다양한 교수학습 지원 - 수학과 타 교과(사회, 음악, 미술 등) 간 통합교수학습 시도 - 중·고교 과정에 공학적 도구 활용기반 마련 ▶2009 개정 교육과정에 부합하는 방향으로 평가 내실화 - 교육과정 및 운영실태 주기적 점검, 수학적 과정 요소를 평가에 반영	▶쉽고 재미있게 배우는 수학 교과서 제작 - (초등) 일부 단원에 스토리텔링 요소 가미 - (중·고등) 스토리텔링 모델 교과서 제작·보급 ▶체험·탐구 활동이 가능한 선진형 수학교실 구축 - 32개교 시범 구축·운영	▶취약계층 수학 격차 해소 - 수학전공 학생들과의 멘토·멘티 구축 ▶수학 클리닉 개설 - 상담 전문가 및 도우미 배치 ▶수학 대중화 및 교육 기부 활동 전개 - 학부모·성인 수학교실 확대 등

○ **수학 교육 선진국(미국, 유럽, 중국, 인도 등) 사례 분석 및 우리 수학 교육에 접목**

○ 수학 교사 전문성 및 사기 진작

○ 수학 교육 지원기반 구축(수학교육연구센터 활성화, 16개 시·도 수학전담인력 배치 등)

○ 변별력 확보보다는 수학적 능력을 키우는 방향으로 입시제도(수능, 논술, 입학사정관제 등) 보완방안 마련

이제 교과에도 스토리텔링 기법이 들어오기 시작한 것이다. 교과부 권기석 수학교육정책 팀장은 그 도입 배경을 이렇게 설명했다.

"기존 수학 교과서에도 실생활 사례와 이야기가 실려 있지만, 본문 내용과 유기적으로 연결된 것이 아니라 부록이나 책 사이에 부분적으로 삽입된 상태이다. 실제 역사와 지혜의 산물인 수학 역시 실생활에 녹아든 원리와 개념이기에 재미있게 배우면서도 자연스럽고 쉽게 이해할 수 있는 방법으로 스토리텔링 교과서를 생각해냈다."

교육의 이러한 흐름은 수학 교과뿐 아니라 전 과목으로 확대될 것으로 예상된다.

뒤에서 자세히 소개하겠지만 아이가 자신만의 스토리를 만드는 것, 그리고 자기소개서를 자성할 능력을 기르고, 미래에 사회인으로서 자신만의 독창성과 창의성을 발휘할 능력과 그것을 프레젠테이션하고 표현할 수 있는 스토리텔링 능력을 기르는 것은 필수 조건이다. 즉 학생으로서, 사회인으로서 모두 성공적인 삶을 살고자 한다면 스토리텔링에 강하지 않고서는 살아남을 수 없는 세상이 된 것이다.

외국어고, 과학고에 가려면
스토리가 있어야 한다
외국어고, 과학고 당락에 결정적 역할을 하는 것은 자기계발계획서이다

초등학생, 중학생 자녀를 둔 부모라면 대학 진학보다는 우선 특목고에 관심이 더 많을 것이다. 학부모들 사이에 과학고, 외국어고의 광풍이 불어온 적이 있었다.

"과학고나 외국어고에 들어가면 못 가도 연세대, 고려대는 간대."

이런 말이 나오면서 자녀를 외국어고, 과학고에 보내기 위해 혈안이 되었다. 발등에 떨어진 불이기도 하거니와 특목고 진학 자체가 일류 대학 진학으로 이어진다는 공식을 떠올리기 쉽기 때문이다.

그렇다면 실제로 전국의 특목고에서 소위 'SKY 대학'에의 진학 현황이 어떤지 살펴보자.

28

전국 외고·국제고·자율고 2012 SKY 진학실적

순위	학교	서울대	고려대	연세대	계
1	대원외고	75	93	83	251
2	고양외고	31	68	124	223
3	상산고	47	69	97	213
4	용인외고	57	72	78	207
5	명덕외고	35	66	85	186
6	한영외고	34	76	69	179
7	안양외고	24	58	80	162
8	경기외고	14	68	72	154
9	과천외고	7	79	68	154
10	대일외고	26	46	74	146
11	공주한일고	39	26	31	96
12	부산외고	9	46	37	92
13	포항제철고	30	32	26	88
14	대전외고	11	19	43	73
15	현대청운고	26	21	22	69
16	이화외고	6	21	37	64
17	수원외고	7	30	24	61
18	공주사대부고	16	21	23	60
19	김포외고	3	22	33	58
20	성남외고	9	25	23	57
21	민족사관고	36	11	9	56
22	해운대고	14	14	28	56
23	인천외고	5	22	18	45
24	인천국제고	11	16	10	37
25	부산국제외고	3	19	13	35
26	부산국제고	7	13	14	34
27	충남외고	1	16	15	32

전국(전체 고교) 2012 서울대 진학실적

순위	학교	최초합격	현재학교유형
1	서울과고	93	영재학교(전국)
2	서울예고	83	예고
3	대원외고	75	외고(서울)
4	용인외고	57	자율고(전국)
5	한성과고	50	과고(서울)
6	상산고	47	자율고(전국)
7	한일고	39	자율학교(전국)
8	세종과고	38	과고(서울)
9	민족사관고	36	자율고(전국)
10	명덕외고	35	외고(서울)
11	한영외고	34	외고(서울)
12	한국과학영재	33	영재학교(전국)
13	안산동산고	32	자율고(경기)
14	고양외고	31	외고(경기)
15	포항제철고	30	자율고(전국)
16	현대청운고	27	자율고(전국)
17	대일외고	26	외고(서울)
18	국악고	24	예고
19	선화예고	24	예고
20	안양외고	24	외고(경기)
21	휘문고	24	자율고(서울)
22	경남과고	23	과고(경남)
23	대륜고	22	평준(대구)
24	중동고	21	자율고(서울)
25	숙명여고	20	평준(8학군)
26	경기여고	19	평준(8학군)
27	단대부고	19	평준(8학군)
28	서라벌고	18	평준(8학군)

※ 자료: 하늘교육

 스토리텔링에 강한 아이로 키워라

자료를 보면 꽤 높은 수치가 아닐 수 없다. 한 학교에서 SKY 대학에 250명 이상 간다는 것은 일반 고등학교에서는 상상조차 할 수 없는 일이다.

대학을 서울 소재 대학으로 조금 더 확장해서 보자.

2012학년도 특목고 대학 진학 현황

학교 (정원)	민사고 (150)	용인 외고 (350)	명덕 외고 (420)	상산고 (360)	청심 국제 (100)	고양 외고 (480)	과천 외고 (420)	동두 천외 (240)	부산 국제 (272)	해운 대고 (240)	부산 외고 (400)	대전 외고 (330)	계
서울대	36	57	35	47	4	30	7	4	7	14	9	11	261
연세대	9	78	85	97	6	121	68	7	13	28	37	43	592
고려대	11	72	66	69	12	66	79	17	12	14	46	19	483
성균관대	15	79	80	50	17	60	60	23	11	24	55	36	510
한양대		19	28	49	7	76	53	16	7	21	40		316
서강대	1	44	60	16	10	36	39	6	7	14	33	21	287
중앙대	2		24	40	4	45	56	18	6	16	38	17	266
경희대			22	38	1	48	52	26	7	19	64		277
이화여대	1	57	49	16	7	47	42	9	5		33	20	286
한국외대		27	51		1		40	24	5		48	26	222
KAIST	2	1		10	1	24		1		1			40
경찰대		6				6	5	1	1	3		5	27
의치한		17		111		30				80	31		269

특목고, 자사고에서 소위 명문대에 진학하는 확률은 굉장히 높은 편이다. 그렇지만 그 이면에는 여러 가지 변수가 있다. 뛰어난 학생

들 간의 경쟁에서 학습 의욕을 잃어버리는 것, 치열한 내신 전쟁, 사교육이 극성을 부리는 상황 등이 존재한다. (실제로 그런지 아닌지는 의견이 분분하다. 애초부터 성적이 좋은 아이들이 모였기에 진학률이 좋은 것뿐이고 과학고, 외국어고를 나왔다고 해서 높은 진학률이 유지되는 것은 아니라는 의견도 많다. 교사의 입장에서 바라볼 때 과학고, 외국어고 진학의 장단점은 분명히 존재한다. 하지만 여기에서 이것까지 논하지는 않겠다.)

그러므로 자녀를 특목고나 자사고에 진학시키고자 할 때는 장단점을 면밀히 파악하고 아이에게 맞는 학교인지 아닌지 신중한 판단 후에 결정해야 한다. 부모가 반드시 알아야 할 것은 특목고나 자사고 진학은 내 아이의 미래의 꿈을 펼치기 위한 한 과정일 뿐이라는 것이다. 특목고 입학 자체가 목적이 되어서는 결코 안 된다. 특목고가 일류 대학 진학을 보장해주리라는 막연한 생각만으로 결정해서는 안 된다는 것이다.

그렇다면 과학고가 왜 좋은가? 전 한성과학고등학교 교장을 지낸 배희병은 영재성 있는 아이들이 과학고를 선택하는 이유와 장점을 이렇게 설명한다.

1. 경제적 혜택과 외국 이공계 대학 체험 기회
2. 기숙사 운영으로 인한 효율적인 시간 관리

3. 첨단 기자재와 시설 지원 및 영어 프로그램 운영

4. 우수한 영재들을 위한 다양하고 풍부한 장학금

5. 늘 활기 넘치는 실력 있는 교사

6. 부족한 부분을 메워주는 친구와 선배

7. 높은 명문대 진학률

8. 다양한 분야로의 사회 진출

9. 정규 학과목 외의 다양한 교과과정

10. 학우 간의 경쟁을 통한 높은 학습 효과 [04]

외국어고의 사정도 별반 다르지 않을 것이다. (물론 학부모들에게는 진학률이 가장 큰 장점으로 작용할 것이다.) 결국 부모들이 과학고나 외국어고를 선호하는 이유는 '면학 분위기'가 가장 크다고 할 수 있다. 높은 학구열과 좋은 기자재, 능력 있는 교사들, 체계적인 커리큘럼, 거기다 대학 진학률까지 한꺼번에 충족될 수 있다고 믿기 때문이다.

그렇다면 과학고, 외국어고에 진학하려면 어떻게 해야 할까?

자녀를 과학고, 외국어고에 진학시키려는 부모들이 꼭 알아야 할 중요한 변화가 생겨났다. 바로 '자기주도적 학습 전형'의 도입이다.

고등학교에서 자기주도적 학습 전형이 시작된 것은 2011학년도부터이다. 외국어고·국제고 37개교, 과학고 19개교, 자율고 11개교,

---

04) 배희병, 『과학고를 알면 자녀의 미래가 열린다』, 미다스북스, 2008.

일반고 5개교 등 총 72개교에서 자기주도적 학습 전형이 실시되었다. 2012학년도에는 총 95개교(외국어고·국제고 37개교, 과학고 20개교, 자율형 공립고(자율고) 19개교, 자율형 공립고(자공고) 5개교, 일반고 14개교)에서 실시하였고, 2013학년도부터는 대부분의 특목고(외국어고, 국제고, 과학고, 자율고)에서 실시한다고 보아도 무방하다.

외국어고, 국제고, 자율고는 모집 정원의 20%를 사회적 배려 대상자로 선발하기는 하지만 지원자들은 치열한 전쟁을 치러내야만 합격의 영광을 안을 수 있다.

예전의 외국어고는 영어나 외국어 실력만 월등하면 합격할 수 있었다. 그러나 2013학년도 입시부터는 달라졌다. 바로 '자기계발계획서'가 합격의 최고 키포인트로 급부상한 것이다. 이름하여 '자기주도적 학습 전형'의 전격 도입이다.

고백하건대 그동안은 외국어고 입학을 준비하려면 사교육의 힘을 빌리지 않으면 힘든 면이 있었다. 외국어고에서는 학생 선발을 용이하게 하기 위해서 영어 듣기, 영어 에세이, 영어 인증 시험 점수를 중요시 여겼다. 더 나은 영어 점수가 평가 척도였기에 사교육이 도움된 것은 사실이다.

영어 말하기와 쓰기 시험이 중요했으므로 내신 성적, 영어 듣기 평가, 각종 경시대회 성적 등이 종합적으로 평가되었다. 그랬기에 영어, 외국어 그리고 학업 성적 상위자에게 절대적으로 유리한 전

 스토리텔링에 강한 아이로 키워라

형이었다.

그러나 이제 그 학원들의 힘은 풍선의 바람이 빠져나가듯 모두 소모되고 말았다. 외국어고에서 2012년부터 자기주도적 학습 전형을 전격적으로 실시하기 시작했기 때문이다. 이 전형에서 영어 성적은 영어 내신밖에 들어가지 않는다.

올해부터 실시되는 자기주도적 학습 전형은 이제 학업 성적 상위자를 선발하는 것이 아니다. 성적 상위자 중에서 자신만의 스토리와 자기주도적 학습 능력을 지닌 아이를 선발하겠다는 의미이다.

왜 자신만의 스토리와 자기주도적 학습 능력이 필요한지 면밀하게 살펴보자.

자기주도적 학습 전형의 배점은 영어 내신(160점)+면접(40점)으로 결정된다. 자기주도적 학습 전형은 1차에서 영어 내신 성적과 자기계발계획서(인성 영역, 자기주도적 학습 영역), 추천서, 학교생활기록부만으로 각 학교마다 1.5배수에서 2배수를 선발한다. 2단계에서는 입학사정관 면접이 실시된다.

영어 성적은 1학년은 제외되고, 2학년 1·2학기, 3학년 1·2학기 총 네 번의 내신 성적을 각 학기당 40점 만점으로 해서 총 160점 만점이 된다. 1등부터 상위 4%까지의 내신 성적이 1등급으로 환산 점수 40점 만점이고, 4% 초과~11% 이하가 2등급으로 환산 점수 38.4점이 된다.

여기서 살펴보자. 대부분의 외국어고 지원자들은 영어 내신에서

1등급을 받는다. 2등급을 총 네 학기 중에서 한 번 정도 받는 지원자도 있겠지만 대부분은 1등급을 받는 학생들이 외국어고를 지원한다. 그렇다면 160점 만점인 영어 내신에서는 거의 편차가 나지 않는다는 말이다.

그렇다. 외국어고 입시의 합격 포인트는 바로 면접 점수를 어떻게 받느냐에 달려 있다. 입학사정관이 실시하는 면접은 '자기계발계획서'가 핵심 평가 포인트이다. 2012년까지는 '학습계획서'라는 이름의 면접이 실시되었다가 2013학년도부터 '자기계발계획서'로 변경되었다. 과학고 입시에서도 외국어고처럼 자기계발계획서를 제출해야 한다.

이는 무엇을 뜻하는 것일까? 이제 외국어고, 과학고 입시에서 성적만으로는 합격할 수 없다. 성적 이상의 그 무엇, 바로 '스토리'가 있어야 합격할 수 있도록 입시가 변화했다는 것이다.

 스토리텔링에 강한 아이로 키워라

외국어고, 과학고가
요구하는 자기계발계획서와
스토리텔링의 관계

그렇다면 외국어고, 과학고가 요구하는 자기계발계획서는 스토리텔링과 어떤 연관성이 있을까? 설마 스토리텔링 능력이 없다고 과학고, 외국어고에 진학하지 못할까라는 생각을 할 수도 있다.

그러면 외국어고와 과학고에서 요구하는 자기계발계획서가 어떤 것인지 살펴보자.

다음은 교육과학기술부에서 제시한 자기계발계획서 시험 예시이다.

자기계발계획서 시험 예시

2013 자기계발계획서	2012 학습계획서
자기주도 학습영역(1500자 이내) ▶ 본인이 ○○고에 (외국어고의 경우 ○○고의 ○○학과에) 지원하게 된 동기에 관하여 기술하고 그와 관련하여 스스로 학습계획을 세우고 학습하고 평가해온 자기주도 학습과정과 이를 통해 느꼈던 점에 관하여 작성한 후, 고등학교 입학 후 본인의 학습계획과 고등학교 졸업 후 진로계획에 관하여 구체적으로 기술. ▶ 본인이 읽은 책 중 중요하게 생각하는 2권을 선정하여 배우고 느낀 점을 기술. **인성영역(800자 이내)** ▶ 배려, 나눔, 협력, 타인존중, 갈등관리, 관계지향성, 규칙준수 등 본인의 핵심 인성요소에 대한 중학교 활동 실적 및 이를 통해 배우고 느낀 점을 구체적으로 기술.	**자기주도 학습과정 및 진로계획(1000자 이내)** ▶ 학생 스스로 학습계획을 세우고 학습해온 과정과 이를 통해 느꼈던 점. ○○고에 (외국어고의 경우 ○○고의 ○○학과에) 지원하게 된 동기, 그리고 고등학교 입학 후 학습계획과 고등학교 졸업 후 진로계획에 관하여 구체적으로 기술. **독서활동(800자 이내)** ▶ 본인이 읽은 책 중 중요하게 생각하는 2권을 선정하여 내용과 감상을 기술. **봉사·체험활동(600자 이내)** ▶ 봉사·체험활동 중 2가지 사례를 선택하여 그 활동의 경험 내용과 어떤 점을 가장 인상 깊게 느꼈는지에 대해 구체적으로 기술.

※ 자료: 교육과학기술부

영어나 외국어만 잘하는 학생이 아니라 인성·적성면에서도 '스토리'가 갖추어진 학생을 뽑겠다는 의지가 엿보이지 않는가?

과거의 '학습계획서'와 2013년부터 실시하는 '자기계발계획서'를 면밀히 비교해보면 큰 차이가 있다. 과거 학습계획서는 말 그대로 의례적인 글솜씨로 적어낼 수 있는 사항들이었다. 그리고 영어 평가를 따로 했기에 학습계획서는 그야말로 첨부해야 할 서류에 불과했다.

하지만 자기계발계획서는 다르다. 이제 외국어고, 과학고 입시에서는 이 자기계발계획서가 당락을 결정한다. 자기주도적 학습 영역과 인성 영역을 판에 박은 듯 적어내서는 합격은 물건너갔다고 봐야 한다. 천편일률적인 스토리는 결코 좋은 점수를 받을 수 없다.

혹시라도 자기계발계획서를 학원이나 대행업체에 돈을 주고 맡기면 되지 않을까, 라는 생각을 가지고 있다면 지금 이 순간부터 꿈에서 깨어나길 바란다. 외국어고, 과학고의 입시를 담당하는 입학사정관들은 눈뜬 봉사가 아니다. 각 학교의 입학전형위원회는 학교별로 입학담당관 1인 이상, 학교 위촉 입학전형위원 1인 이상(교사 또는 외부 위촉), 시·도교육청 위촉 입학전형위원 1인 이상으로 구성하도록 되어 있다.

자기계발계획서가 학생 스스로 적은 것인지, 대행한 것인지는 이제 한눈에 알아볼 수 있다. (대학 입시에서의 자기소개서는 더 철저하게 검증된다. 대학교육협의회에서는 각 대학에서 실시된 입학사정관제에 제출된 자기소개서를 모두 데이터베이스화해두었다. 그것을 바탕으로 단어 세 개만 중복되어도 감점 요인으로 작용한다. 입학사정관제가 실시되고서 3, 4년 정도 호황을 누리던 자기소개서 대필해주던 곳은 대부분 사라지고 없다.)

자기계발계획서 안에 자신만의 스토리와 그 스토리를 풀어낼 글솜씨를 가지고 있지 못하면 외국어고는 입학하기 힘들다고 보아야 한다.

자율형 사립고인 현대청운고의 조진현 입학관리부장은 자기계발계획서 안에 "자신만의 색깔, 남다른 스토리를 드러내는 것이 중요하다. 가장 중요한 것은 자신의 경험을 진솔하게 풀어내는 것"이라고 말한다.

과학고도 마찬가지이다. 2013학년도부터 전국의 21개 과학고에서는 자기주도적 학습 전형으로 100% 선발한다. 2012년까지는 자기주도적 학습 전형 50%, 과학 창의성 전형 50%로 선발하였으나 2013년부터 바뀐다.

과학고도 외국어고와 마찬가지로 자기계발계획서를 내야 하는 것이다. 자기계발계획서에 지원 동기, 진로 계획, 봉사, 체험·탐구 활동, 성장 과정과 환경, 독서와 인성 요소 관련 활동 등을 자신만의 스토리를 가지고 자세하게 적지 않으면 좋은 점수를 받기 어렵다.

"내 아이는 스펙이 빵빵하잖아. 올림피아드 같은 데서 수상도 했고, 텝스나 토익 점수도 높으니까 충분할 거야. 영재원에도 다니잖아. 그 정도 스펙인데 안 뽑히겠어?"

이렇게 말하면서 안심하는 부모님이 있을지 모르겠다.

각종 경시대회, 영재교육원·영재원 수료, 과학·수학·영어에 관련된 인증 시험과 점수 등을 자기계발계획서에 슬쩍 끼워 넣으면 어떤 결과가 발생할까?

오히려 감점을 받게 된다. 이런 것들은 기제 금지 사항이다.

다음은 과학고 자기계발계획서 시험 예시이다.

자기계발계획서 시험 예시 (과학고)

2013 자기계발계획서 A형	2011~2012 학습계획서 A형
지원동기 및 진로계획 ▶ 지원자가 과학고에 지원하게 된 동기와 과학고 진학 후의 학습계획, 그리고 향후 진로 및 장래희망에 대해 구체적으로 기술.	**지원동기** ▶ 본인이 과학고에 지원하게 된 동기에 관하여 기술. **학습과정 및 진로계획** ▶ 본인이 스스로 학습계획을 세우고, 평가해온 자기주도 학습과정과 이를 통해 느꼈던 점에 관하여 기술하고, 과학고 입학 후 본인의 학습계획과 고등학교 졸업 후 진로계획 및 장래희망에 관하여 기술.
성장과정 및 성장환경 ▶ 지원자가 성장해온 삶, 일상 습관, 특별한 관심과 활동, 그리고 가정환경 및 교육환경에 대해 구체적으로 기술하라. 그리고 그것들을 통해 지원자가 어떤 성장, 변화를 이루었는지에 대해 구체적으로 기술.	※ 2011~2012 학습계획서 B형에 포함
수학·과학 탐구활동 ▶ 수학, 과학 분야에서 지원자가 크게 성장할 수 있었던 탐구 경험과 활동 사례들에 대해 구체적으로 기술. 그리고 그것들을 통해 지원자가 어떤 성장과 변화를 이룰 수 있었는지에 대해 구체적으로 기술. **봉사활동** ▶ 지원자가 평소에 혹은 특별히 주변 사람들을 위해, 그리고 우리 사회를 위해 어떤 활동을 해왔는지에 대해 일화를 들어 구체적으로 기술.	**봉사 및 체험활동** ▶ 봉사활동 및 수학·과학·탐구 등 체험활동 중에 적절한 사례들을 선택하여 그 활동 경험의 내용과 어떤 점이 가장 인상 깊게 느껴졌는지에 대해 기술하고, 과학고 진학 이후 관심 있는 활동과 그 동기, 배경, 활동계획에 대하여 기술.
독서경험 ▶ 본인이 읽은 책 중 중요하게 생각하는 2권을 선정하여 내용과 감상을 기술.	**독서경험** ▶ 본인이 읽은 책 중 중요하게 생각하는 2권을 선정하여 내용과 감상을 기술.
핵심인성요소 관련 활동 ▶ 배려, 나눔, 협력, 타인존중, 갈등관리, 관계지향성, 규칙준수 등 핵심인성요소와 관련한 활동과 이를 통해 느낀 점을 기술.	※ 2012 자기계발계획서 신설항목

※ 자료: 교육과학기술부 (2010학년~2013학년도 자기주도 학습 전형 매뉴얼)

자기계발계획서 시험 예시 _(과학고)

2013 자기계발계획서 B형	2011~2012 학습계획서 B형
지원동기 및 학습계획(2매 내외) ▶ 지원자가 과학고에 지원하게 된 동기를 비롯하여 과학고 진학 후의 학습계획과 나아가고자 하는 진로 및 장래희망에 대해 기술.	**지원동기 및 학습계획(2매 내외)** ▶ 지원자가 과학고에 지원하게 된 동기를 비롯하여 과학고 진학 후의 학습계획과 나아가고자 하는 진로 및 장래희망에 대해 기술.
개인의 성장과정 및 생활(2매 내외) ▶ 지금까지 성장해오면서 자신의 학습과정과 삶에 영향을 미친 과학 탐구활동, 독서경험, 봉사활동 및 취미나 특기, 핵심인성요소(배려, 나눔, 타인존중, 갈등관리, 관계지향성, 규칙준수 등) 관련 활동 등에 대해 기술.	**개인의 성장과정 및 생활(2매 내외)** ▶ 지금까지 성장해오면서 자신의 학습과정과 삶에 영향을 미친 과학 탐구활동, 독서경험, 봉사활동 및 취미나 특기 등에 대해 기술.

※ 자료: 교육과학기술부 (2010학년~2013학년도 자기주도 학습 전형 매뉴얼)

이제 감이 오지 않는가? 그렇다면 왜 입시 제도를 이런 식으로 바꾸는 것일까? 대학 입시 제도에서 입학사정관제를 확대해나가는 것과 괘를 같이하고, 단순히 학원의 힘을 빌려 학습 능력만 갖춘 헛똑똑이는 뽑지 않겠다는 교육 당국의 강력한 의지에 발맞추는 것이다. (물론 학교마다 입장이 약간씩은 다르다. 학교 측은 최대한의 학교 입장 반영을 목표로 교육청과 내용, 수위를 조절하는 절차를 거친다. 그러므로 구체적인 사항은 각 외국어고, 과학고의 홈페이지에 접속하여 입학 요강을 반드시 숙지해야 한다.)

똑똑이보다 스토리텔링 능력을 가진 아이로 만들어야 하는 이유가 하나 더 생긴 셈이다.

이제 중학교도
스토리텔링을
요구하는 시대

스토리텔링 능력이 있어야 작성할 수 있는 '자기계발계획서', 이제 이것은 과학고, 외국어고 등 특목고에만 국한된 문제는 아니다.

학부모들이 선호하는 국제중학교들도 스토리를 갖춘 아이를 선발하는 입시 요강들을 속속 발표하고 시행하고 있다. (국제중은 청심·대원·영훈·부산국제중 등 총 4개이다. 2014년에는 울산국제중이 개교를 준비하고 있어 5개교로 늘어날 것이다. 현재 부산국제중을 제외하고는 모두 사립이다.)

청심국제중, 대원국제중, 영훈국제중은 자기주도적 학습 전형, 부산국제중은 추첨이 혼합된 자기주도적 학습 전형을 실시하고 있다.

대원국제중학교의 2013년도 서류심사 기준은 다음과 같다.

영역별 배점 (대원국제중학교)

구분	배점	추천서	자기계발 계획서	학교생활기록부 및 생활통지표	
				교과학습발달상황	출석 및 봉사활동
자기주도 학습 전형	100점	20점	20점	50점	10점

영역별 평가내용 (대원국제중학교)

평가영역	평가내용	
추천서(20점)	○ 독서 능력 ○ 창의적 아이디어 ○ 자기주도적 학습과정 ○ 자율고·논리적 사고력 ○ 진로계획 수립 및 실천력 ○ 수업참여노 빛 과제수행력 ○ 영어 숙달도	○ 리더십 및 목표의식 ○ 규칙준수 및 준법의식 ○ 배려와 나눔의 공동체 의식 ○ 대인관계 갈등 및 위기관리 능력 ○ 협동심 및 공감능력을 바탕으로 하는 타인존중의식 ○ 종합적인 학생의 인성
자기계발계획서(20점)	○ 지원동기 및 목표의식 ○ 교·내외 활동	○ 자기주도적 학습과정 및 진로계획 ○ 독서활동
교과학습 발달상황 (50점)	○ 5학년 1, 2학기 및 6학년 1학기(4단계 평가) 　: 국어, 사회, 수학, 과학, 영어 5개 교과	

학교생활 기록부 및 생활 통지표 — 출석 및 봉사활동 (10점)

○ 출석 성적

무단결석 일수	평가
0일 ~ 1일	A
2일 ~ 7일	B
8일 이상	C

○ 봉사활동 성적

봉사활동 총시간	평가
10시간 이상	A
6시간 ~ 9시간	B
6시간 미만	C

※ 자료: 대원국제중학교 (http://daewon.ms.kr/02/02.php)

청심국제중학교도 살펴보자.

1단계 서류 전형 배점 (청심국제중학교)

학교생활 기록부	자기소개서	자기계발계획서			추천서	1단계 총점
		자기주도 학습 및 계획	독서활동	인성과 리더십		
60점	25점	40점	15점	10점	10점	160점

2단계 전형 및 전체 배점 (청심국제중학교)

1단계 전형의 서류전형 점수와 2단계 면접결과를 합산하여 합격자를 사정한다.

1단계 전형(160점) + 2단계 전형(40점) = 총점(200점)

※ 자료: 청심국제중학교 (http://www.csia.hs.kr/admission/middle/middle.asp)

과학고, 외국어고가 요구하는 자기계발계획서와 판박이인 전형을 실시하고 있음을 느낄 것이다. 국제중학교에서도 이제 자기주도적 학습 능력을 가진 학생, 스토리텔링에 강한 학생을 선발하겠다는 강력한 의지를 엿볼 수 있다.

청심국제중학교의 자기소개서 문항을 한 번 살펴보자.

어떤가? 헛웃음이 나올 것이다. 내 아이가 우수한 성적을 가지고 있다 하더라고 이것을 써내기란 결코 쉽지 않을 것이다. 자신만의 스토리와 자기주도적 학습 능력을 갖춘 아이가 아니라면 이 커다란 벽을 넘기란 쉽지 않다. 엄마의 지시에 따라 학원만 다람쥐 쳇바퀴 돌듯이 돈 아이라면 더더욱.

이제 특목고뿐 아니라 국제중학교 입시에서도 스토리텔링을 요구하는 시대가 된 것이다.

입학사정관제란?

미국에서 시작된 입학사정관제의 역사

스토리텔링 능력 없이 명문대 진학 꿈도 꾸지 마라

대학이 인생의 끝이 아니다. 기업과 사회에서는
스토리텔링을 갖추지 않으면 낙오자가 된다

자신만의 스토리텔링으로 성공을 거둔 사람들

STORYTELLING

대학은 성적이 아니라 아이의 스토리텔링 능력으로 결정된다

STORYTELLING

입학사정관제란?

한때 강남에서 유행했던 학원이 있다. 그 중 올림피아드 대비반, 인증 시험 대비반 같은 경우에는 미리 수강 신청을 하지 않으면 들을 수 없을 정도로 히트를 쳤었다. 그런데 지금은 예전과는 사뭇 다른 모습으로 수강생이 엄청나게 줄어들었다.

왜 이런 현상이 일어났을까? 바로 입학사정관제의 확대와 영향에 있다. 입학사정관제로 선발하는 학교에서는 수치화된 성적을 요구하지 않기 때문이다. 입학사정관제의 확대 실시는 사교육 시장을 전면 재편하고 있다.

발빠른 사교육 시장답게 요즘 서울 대치동 학원가를 중심으로 새로운 학원들이 생겨났다. 바로 입학사정관제 대비 컨설팅 학원이다.

정부에서 서울대를 필두로 입학사정관제를 강력하게 몰아붙이고 있는 것은 사교육의 팽창을 막고 전국 어디에 살든 미래의 성장 가능성을 가진 학생들을 뽑기 위해서인데, 결국 이 또한 실시되자마자 사교육 시장을 들썩여놓았다. 모든 공급은 수요가 있기 때문에 생기는 것이다. 심지어 이 학원들에서 포트폴리오를 모아주기까지 한다니 참으로 심각하다.

하지만 입학사정관제가 정착되어 갈수록 눈에 보이는 포트폴리오만으로는 허점이 많고 한계가 있을 수밖에 없다. 즉 입학사정관제는 학생 본인의 의지와 준비로 이루어지는 제도인 것이다.

언론에서 무수히 흘러나오고는 있지만 대부분의 학부모들은 입학사정관제에 대한 개념이 아직 형성되어 있지 않다. 그럼에도 이제 대학 입시에서 입학사정관제는 결코 소홀히 할 수 없는 입학 전형의 대세가 되고 있다.

미국 대학에서 실시하던 입학사정관제가 우리나라에서도 실시되기 시작한 이유는 간단하다. 지금까지 대학이 학생부, 수능 시험, 대학별 고사 등 성적 위주로 학생을 선발하다 보니 초·중등학교에서는 지나친 점수 경쟁이 일어났다. 대학 측의 입장에서 보면 모집 단위의 특성에 맞는 잠재력과 소질을 가진 학생을 선발하는 데 한계가 있을 수밖에 없었다. 이런 단점을 보완하기 위해 전격적으로 실시된 것이 입학사정관제이다.

 스토리텔링에 강한 아이로 키워라

그렇다면 입학사정관제란 정확히 무엇을 뜻하는 것일까?

서울대학교의 백순근 입학사정관은 입학사정관제에 대해 다음과 같이 정의했다.

"입학사정관제란 상급 학교 입학 지원자에 대해 입학사정관들이 지원자가 제출한 다양한 서류들을 검토하고, 면접이나 논술 고사 결과 등을 종합적으로 고려하여 지원자의 학업 능력뿐만 아니라 잠재 가능성도 중시하여 선발하는 제도이다. 이를 위해 지원자의 소질과 특성, 학업 성취도 수준, 학업에 대한 노력, 의지, 열정, 적극성, 도전 정신, 교내외 활동, 가정 환경, 성장 배경 등을 종합적으로 고려하여 평가하며, 평가의 공정성을 확보하기 위해 다수의 입학사정관들이 다단계로 평가하는 것이 일반적이다."

즉 입학사정관제는 성적뿐 아니라 그 사람의 소질, 적성, 논리력, 창의성, 대인 관계, 잠재력 등을 종합적으로 평가하는 제도이다. 명확한 비전과 실천력을 가진 학생을 선발하겠다는 것이다.

그렇다면 현재 우리나라 대학 입시에서 입학사정관제는 어떤 상황이고, 어떻게 실시되고 있는지 알아보자.

우리나라에 입학사정관제가 처음 도입된 것은 2007년이다. 2007년에는 10개 대학에서 입학사정관제를 실시하였다. 첫해의 입학사정관제는 대학이 주도한 것이 아니라 교과부 지원 사업의 일환으로 실시되었다. 그러던 것이 해가 갈수록 양적으로 늘어나고 질적으로도 정착되어가는 상태이다.

2012년에는 66개교가 정부의 지원 사업으로, 59개교가 독자적으로 입학사정관제를 실시하였다. 비율로 따지면 무려 12.5배의 양적 성장을 이루었고, 대학 입시에서 중요한 위치를 차지하는 입학 전형이 되었다.

입학사정관제를 실시하는 학교의 변화를 살펴보자.

연도별 입학사정관 지원 대학 수 및 정부 지원 현황

구분	2007 (예산액)	2008 (예산액)	2009 (예산액)	2010 (예산액)	2011 (예산액)	2012 (예산액)
정부지원	10교 (20억)	40교 (157억)	47교 (236억)	60교 (350억)	60교 (351억)	66교 (391억)
독자실시			43교	57교	61교	59교
계	10교	40교	90교	117교	121교	125교

※ 출처: 교육과학기술부·한국대학교육협의회(2012)

다음으로 입학사정관제 전형으로 학생들을 얼마나 선발하고 있는지 살펴보자.

2009학년도에는 총 4,476명(총 입학 정원 대비 1.3%)을 선발했고, 2010학년도에는 24,696명(총 입학 정원 대비 7.0%)을 선발하였으며, 2011학년도에는 35,421명(총 입학 정원 대비 10.1%)이 선발되었고, 2012학년도에는 121개 대학에서 총 41,762명(총 입학 정원 대비 11.9%)을 선발함으로써 입학사정관제 선발 인원은 계속해서 증가해왔다.

입학사정관제 선발 인원 현황

학년도	대학 수	모집인원(명)	4년제 대학 총 입학정원 대비 선발 비율(%)
2009	40	4,476	1.3
2010	90	24,696	7.0
2011	117	35,421	10.1
2012	121	41,762	11.9

※ 출처: 교육과학기술부·한국대학교육협의회(2012)

앞으로도 이 비율은 지속적으로 증가할 것이다. 그중에서도 우수 대학의 입학사정관제 비율은 계속해서 큰 폭으로 증가하고 있는 상황이다. (뒤에서 상세하게 이야기하겠다.) 뿐만 아니라 2012년도부터는 과학고, 외국어고 등 특목고에서도 이 입학사정관제가 적용되고 있다. 이런 상황이므로 향후 자녀의 입시 전략은 입학사정관제를 염두에 두고 준비해나가지 않으면 안 된다.

사실 입학사정관제는 부모와 자녀의 입장에서는 여간 부담되는 일이 아닐 수 없다. 준비해야 할 것이 너무도 많기 때문이다. 봉사 활동도 해야 하고, 독서도 해야 하고, 현장 체험 학습을 위해 많이 돌아다녀야 하고, 동아리 활동도 해야 하고, 리더십을 기르기 위해 회장도 해야 하고, 각종 인증 시험도 쳐야 하고, 정말 할 일이 많아졌다.

이것을 입시와 연관지어 생각한다면 '공부도 하기 바쁜데 이런 것까지 해야 한단 말인가?'라는 생각밖에 들지 않는 골칫덩어리이다. <u>그러나 미래에 자녀가 사회에 진출했을 때를 생각하면 이것은 아이의 능력을 최대한 끌어내기 위한 최고의 전인교육이다.</u>

이제 부모도 입시 제도에 대해 꿰뚫고 있지 않으면 자녀를 원하는 대학에 보내기 어려운 시대가 되어버렸다.

우리나라 대입 전형의 종류가 몇 가지나 될 것 같은가? 수능, 입학사정관제, 논술, 면접 등 대충 생각나는 것이 이 정도일 것이다. 놀라지 말라. 2012년 기준으로 4년제 대학은 203개이다.

이 학교들에서 발표한 수시 모집 전형 방법은 몇 가지나 될까? 전부 합해서 3,189개이다. 한 학교에서만도 평균 16가지 정도의 방식으로 학생을 선발하는 셈이다.

입학사정관제 전형명도 참으로 다양하다. '미래 인재 전형', '글로벌 인재 전형', '큰사람 전형', '다빈치 인재 전형', '알바트로스 인재 전형', '네오르네상스 인재 전형' 등등. 모든 전형을 다 이해하는 사람은 대한민국에 없다고 봐야 한다. 입시 전문가조차도 전부 알지 못하는 복잡한 미로 구조가 현재 대입 전형이다.

눈썰미가 좋은 부모는 알아챘겠지만 입학사정관제 전형과 내 아이를 스토리텔링에 강한 아이로 키우는 교육은 매우 흡사한 과정을 거쳐야 하며, 그 의미에서도 일맥상통하는 점을 보인다.

입학사정관이 학생을 선발할 때 가장 중요시 여기는 것은 '전공 적합성'과 '전공을 통한 발전 가능성'이다. 즉 전공을 선택한 이유,

전공을 위해 자신이 한 경험과 노력(동아리 활동, 공모전, 봉사 활동, 체험 활동, 커뮤니티 활동) 등을 집중적으로 조사하고 검증하는 작업을 한다. 자신의 비전과 자신이 그 전공을 하기 위해 준비된 사람이라는 스토리를 가지고 있어야 하는 것이다.

성적이라는 수치로 아이의 경쟁력을 평가하는 것이 아니라 리더십, 적극적인 사고력, 창의적 인재로의 발전 가능성, 지적 호기심 등 아이를 종합적이고 미래 지향적인 인재로 키우기 위한 방법이라는 점에서 입학사정관제를 준비하는 과정과 자녀를 스토리텔링에 강한 아이로 키우는 과정은 흡사한 부분이 많다.

그러므로 스토리텔링에 강한 아이로 키우는 과정을 통해 입학사정관제까지 함께 준비할 수 있는 현명한 부모가 되기 위해 노력해야 한다.

미국에서 시작된
입학사정관제의 역사

2010년에 미국 LA에 있는 한 명문 사립 고등학교를 방문, 견학한 적이 있다. 오랜 시간 학생들과 면담을 하고 한국 학생들과 함께 시간을 보냈다.

백인이 80%, 한국인·중국인이 15%, 나머지 다른 국적의 학생들이 5% 정도로 구성된 학교였다. 교육과정 자체는 우리 고등학교보다 전체적으로 느슨해 보였지만 방과 후에 우리와는 달리 체육 활동, 봉사 활동, 동아리 활동, 그리고 아르바이트를 많이 하고 있다는 점이 인상 깊었다.

LA에서 최고 명문 사립고이고 명문대 진학률이 엄청나게 높은 학교임에도 불구하고 수업이 끝난 후에 학과 공부뿐 아니라 갖가지

활동과 아르바이트를 하는 것이 얼핏 이해되지 않았다. 그런데 학생들이 철저한 계획 아래 움직이고 있다는 사실을 알게 되었다. (미국 학생들의 입을 통해 명문 대학에 진학하기 위해 미국에서도 명문대 입학사정관제 트레이닝 등 꽤 고액의 과외들이 존재한다는 것을 확인할 수 있었다.) 입학사정관제 때문이었다. 입학을 원하는 학교 몇 개를 염두에 두고 그 학교의 입학사정관제에 맞는 활동을 병행하고 있는 것이었다.

미국에서는 1920년대에 입학사정관제가 시작되었다. 하지만 그 시작은 사실 불순한 의도에서였다. 미국 입학사정관제는 좀 더 뛰어난 학생을 뽑겠다는 취지에서 시작되었다기보다는 공부 잘하는 유대인들의 우수 대학 진학을 막기 위해서였다는 것이 정설이다. 하버드 대학의 경우 유대인 비율이 1900년 7%이던 것이 1922년에는 21.5%로 높아졌고, 컬럼비아 대학도 1918년 40%에 육박했다고 한다. 학습 능력이 월등히 높은 유대인들의 아이비리그 진학률이 높아지자 백인들의 대학 입학 비율을 높이기 위해 주관적인 요소가 개입되는 입학사정관제를 실시하기 시작한 것이다. 초기 의도야 어찌 되었건 지금은 성적뿐 아니라 다방면에서 자신의 학교에 맞는 인재를 선발하는 입학선발제도로 정착이 되었다.

미국에서 대학에 진학하는 학생이 거쳐야 할 입시 제도는 SAT I, II(우리나라의 대학수학능력시험 격임)와 내신 성적(GPA), 토플, 에세이, 추천서 등을 주요 전형 요소로 한다. 이것들을 대학에 제출하면 입학사정관들이 서류를 검토하고 면접을 하고 다시 토론을 거쳐 학생을 선발하게 된다.

이제 시행 단계를 거쳐 정착 단계에 돌입한 우리나라와는 달리, 미국 대학에서는 입학사정관제로 학생을 선발하기 때문에 성적도 중요하지만 그것만으로는 합격이 불가능하다. 성적과 함께 입학사정관제 전형의 핵심인 에세이와 추천서가 중요한 부분을 차지한다.

미국의 입학사정관제는 우리나라에 비해 지원자가 대학이 원하는 가치를 지니고 있는지를 살피는, 매우 주관적이고 집단적인 판단 과정을 거친다고 할 수 있다. 다수의 입학사정관이 짧게는 두 달, 길게는 대여섯 달이 넘는 다단계 토론을 거쳐, 그 대학이 원하는 학생을 가려내는 합의의 과정을 거쳐 학생을 선발한다.

미국의 대학들은 100년 가까이 입학사정관제를 실시하면서 각 대학의 개별적인 문화와 역사, 지역의 특성 등에 맞게 독자적인 방법을 실시하고 있다. 그러므로 각 대학마다 학생 선발 시 중요하게 여기는 점이 다르다. 대학마다 다르므로 자신이 입학하기를 원하는 대학 몇 개를 염두에 두고 그것들을 갖추어나가는 노력이 필요하다.

또한 미국은 각 대학마다 자기 대학에 맞는 평가 기준을 가지고 있다. 심지어 친인척 중에 자기 대학 출신을 적는 난이 있기도 하다. 이것이 때로는 공정한가의 여부로 거론되기도 하지만 그것은 그 대학의 선발 기준에 맞춘 입학사정관제이고 학생은 그것들을 모두 고려해서 지원해야 한다. 미국 대학 측은 자신들만의 평가 기준을 가지고 있기에, 정착만 된다면 우리나라의 입학사정관제가 오히려 더 공정성을 담보할 수 있을 듯하다.

미국에 얼마나 많은 한국인들이 유학하고 있는지, 미국 대학 진학을 꿈꾸는 학생이나 학부모라면 알고 있어야 할 것 같아 자료를 제시한다.

미국 대학의 외국인 현황을 살펴보자. 매년 IIE(Institute of International Education)에서 미국 국무부 교육문화국의 후원을 받아 발표하는 'Open Doors' 보고서를 보면 한국은 미국에 유학생을 세 번째로 많이 보내는 나라이다.

2010~2011학년도 미국 고등교육기관에 등록한 외국 학생의 수는 723,277명인데 한국인 유학생 수는 73,351명으로 10%가 넘는 비율이다.

1. 중국: 157,558명(23.3% 증가)

2. 인도: 103,895명(1.0% 감소)

3. 한국: 73,351명(1.7% 증가)

4. 캐나다: 27,546명(2.1% 감소)

5. 대만: 24,818명(7.0% 감소)

6. 사우디아라비아: 22,704명(43.6% 증가)

7. 일본: 21,290명(14.3% 감소)

미국의 명문 대학은 학교마다 외국인 유학생의 비율을 정해둔 곳이 꽤 많다. 그리하여 우리나라 유학생들이 증가하면서 미국 명문 대학에 진학하기는 더 어려워진 것이 현실이다. (하버드대학의 예를 들면 규정상 몇 명이라고 정해두지는 않았지만 한국 학생의 수를 40~50명으로 제한하고 있는 것으로 안다.)

초기에 우리나라 유학생들은 학업 성적은 뛰어난데 입학사정관들이 요구하는 다양한 경험, 미래 비전, 에세이 능력, 봉사 활동 등에서 부족한 경우가 많았다고 한다.

미국 명문 대학에 한국 학생들이 많이 입학하고는 있지만 졸업을 못하고 중도 탈락하는 비율 또한 높다. 명문대에 입학한 한인 학생 10명 중 4.4명이 졸업을 하지 못하고 학업을 그만둔 것으로 나타났다.

1985년부터 2007년까지 하버드와 예일, 코넬, 컬럼비아, 스탠퍼드, 캘리포니아 버클리 대학 등 14개 명문대에 입학한 1,400명을 분석한 결과 이들 중 56%인 784명만 졸업을 하고 나머지는 중간에 그만둬 중퇴율이 44%에 달했다고 밝혔다.[05] 유대인 학생의 중퇴율은 12.5%, 인도인은 21.5%, 중국인은 25%로 한인 학생에 비해 훨씬 낮다고 한다.

김승기는 자신의 논문에서 미국 학생들은 공부와 기타 활동에 약 50% 비중으로 시간과 노력을 투자하는 반면, 한인 학생들은 대학

---

05) 김승기(새뮤엘 김), 「한인 명문대생 연구」, 컬럼비아대 사범대학 박사논문.

입학을 위해 시간과 노력의 75%를 공부에 투자하고 나머지 25%를 봉사 활동과 특별 활동에 할애한다고 발표했다.

김승기는 그 이유로 한국 학부모들의 지나친 입시 위주의 교육 방식을 지적하였다. 한국에서 고등학교를 마치고 미국 대학으로 진학하는 학생들은 여전히 그런 실정이다. 하지만 현지에서 고등학교를 졸업하고 대학에 진학하는 한인 학생들의 상황은 지금은 많이 달라졌다고 한다. 미국 현지에 적응하여 자신의 스토리를 만들어나가며 입학사정관제에 적합한, 스토리텔링에 적합한 과정을 일궈나가고 있기 때문이다.

며칠간 한국 유학생들과 지내면서 그들의 사고가 오직 성적에만 몰두하는 우리나라 아이들보다는 진취적이고 창의적이며, 자신의 인생을 스스로 개척하겠다는 자발성을 가지고 있다는 것을 느낄 수 있었다.

그 이유 중 하나가 미국 대학의 입시 제도가 입학사정관제이기 때문이라는 생각이 들었다. 대학에서 요구하는 성적, 리더십, 봉사 활동, 학내 활동, 지역 활동, 체육·문화 활동 등을 하나하나 학생 스스로 만들어나가는 경험들이 그들을 그렇게 변화시킬 수 있었던 것이다. (물론 그곳의 학생들도 대학이 요구하는 것을 갖추어나가기 위해 해야 할 것들이 너무 많은 탓에 적잖은 스트레스를 받고 있기는 했다. 명문 대학에 진학하기를 원하는 학생일수록 더욱 스트레스를 많이 받는 듯했다.)

자의든 타의든 미국 대학 입학을 원하는 학생은 자신만의 스토리를 만들어내야 하고, 그 과정 자체가 미래의 발전 가능성을 높여주는 스토리텔링형 인간으로 거듭나는 일등 공신이 되고 있다.

현재 우리나라 대학 입시에서 입학사정관제가 차지하는 비중은 높지 않지만 차차 더욱 커질 것이다. '스트레스 받게 입학사정관제를 왜 준비해. 그냥 공부나 열심히 시키지 뭐.'라고 생각해서는 안 된다.

물론 정권의 변화, 시대의 변화에 따라 대학입시제도가 어떻게 변화될지 알 수 없다. 하지만 현재 상황에서는 입학사정관제가 거스를 수 없는 대세이며 미래에는 더 확대될 가능성이 높다. 아니, 입학사정관제가 사라진다고 해도 마찬가지이다. 자녀를 입학사정관제형으로 키우는 것은 결국 미래 경쟁력을 가진, 스토리텔링이 가능한 아이로 키우는 것과 맥을 같이하기에 준비에 소홀했다가는 훗날 통한의 눈물을 흘리게 될지도 모른다.

 스토리텔링에 강한 아이로 키워라

스토리텔링 능력 없이
명문대 진학
꿈도 꾸지 마라

앞에서 밝혔듯이 입학사정관제는 '스토리', 그것을 표현할 수 있는 '스토리텔링'과 일치하는 입시 제도이다.

입학사정관제의 중심에 자신을 표현할 수 있는 스토리텔링이 자리한다. 입학사정관제는 과정을 중요하게 생각하는 입시 전형으로서 성적뿐 아니라 자기소개서, 추천서, 학업계획서, 포트폴리오 등을 중시한다. 따라서 이것들에 신뢰를 줄 수 있는 오직 나만의 스토리텔링이 필요하다.

대학 입시 또한 스토리텔링을 중요시 여기는 입학사정관제가 대폭 확대되고 있다. 지금은 물론이고 초등학생, 중학생인 자녀가 대학에 진학할 즈음에는 입학사정관제가 대폭 확대될 것이다.

"앞으로 대학에 가려면 멀었잖아. 수학, 영어 공부나 열심히 해두면 되지."

만일 당신이 초·중학생 자녀를 가진 학부모라면 이런 생각은 절대 금물이다. 입학사정관제에 강한 스토리 있는 아이로 키우는 일은 대학 입시나 특목고 입시 전형을 앞둔 시점에서 갑작스럽게 키울 수 있는 능력이 아니다.

2013년 대학 입시 전형을 통해 입학사정관제가 어떻게 실시되고 있는지 알아보자.

2012학년도 대학 입시 정원, 즉 총 모집 인원은 37만 5,695명이다. 이 중 수시 모집 인원은 입학 정원의 62.9%인 23만 6,349명이다. 이 가운데 입학사정관제 전형을 실시하는 대학을 살펴보면 2012년에는 121곳의 대학에서 4만 2,163명을 선발했다. 정원의 10.8%를 입학사정관제 전형으로 선발한 것이다. 2013년에는 123곳의 대학에서 4만 3,138명, 즉 11.5%를 입학사정관제로 선발한다. (수시 모집에서 입학사정관제가 차지하는 비율도 2011학년도 14.0%, 2012학년도 16.4%, 2013학년도 19.1%로 계속 증가하는 추세이다.)

"입학사정관제로는 대학에서 학생을 많이 뽑지 않잖아. 수능 시험만 잘 보면 대학 입학은 문제없어."라고 안심하는 부모도 있을 것이다.

그런데 입학사정관제를 실시하는 비율이 아니라 입학사정관제로 학생들을 선발하는 대학과 그 대학의 비율을 면밀하게 살펴볼 필요가 있다. 소위 학생들과 학부모들이 선망하는 일류 대학을 한 번 살펴보자.

서울대의 2013년 전체 정원은 3,124명이다. 이 중에서 입학사정관제로 몇 명 정도를 선발할까? 서울대는 전체 정원 중 2,481명을 수시 모집에서 선발한다. 수시 비율이 2012년 60.8%에서 2013년 79.4%(일반 전형으로 1,733명(55.5%)을, 지역균형선발 전형으로 748명(24.9%))로 대폭 높아졌다. 서울대는 수시 모집 인원 모두를 입학사정관제 전형으로 선발하기로 했다. 즉 79.4%나 되는 학생을 입학사정관제로 선발한다. 나머지 정시 모집에서는 629명으로 20.1%를 뽑는 것이다.

여기서 눈여겨보아야 할 것은 서울대의 입학사정관제 전형 비율이 급격하게 늘어나고 있다는 점이다. 서울대는 2011년에 정원의 약 35%를 입학사정관제로 선발했고, 2012년에는 60.8%를, 2013년에는 무려 80%에 육박하는 인원을 입학사정관제로 선발한다.

여기에서 그치는 것이 아니다. 부모와 학생들이 원하는 대학, 소위 말하는 서울 상위권 대학의 입학사정관제 비율은 전체 대학에서 11.5%를 선발하는 것과 엄청나게 차이가 있다.

2013학년도 학교별 입학사정관제 전형 비율을 보면 연세대 25.1%, 고려대 24.9%, 한양대 40.9%, 이화여대 22.6%, 건국대 19.9%, 경희대 25.6%, 동국대 22.3%, 서강대 22.4%, 서울시립대 23.9%, 서울여대

46.8%, 성균관대 27.8%, 숙명여대 22.6%, 인하대 21%, 중앙대 17.2% 등으로 전국 평균 입학사정관제 선발 비율과는 엄청난 차이를 보인다. (서울대뿐 아니라 매년 대학들은 입학사정관제 전형을 늘리고 있는 실정이다. 2012년과 2013년의 비율 변화이다. 한양대 23.0%→40.9%, 서울시립대 12.9%→23.9%, 성균관대 18.7%→27.8%, 경희대 21.0%→25.6%, 이화여대 18.5%→22.6%)

즉 우수 대학에서는 입학사정관제로 선발하는 것을 선호하고, 앞으로 매년 그 비율은 증가할 것이다. 정권이 바뀌어 교육정책이 달라진다 하더라도 입학사정관제는 증가하면 증가했지 줄어들지는 않을 것으로 보인다.

대학에서는 성적만이 아닌 소질, 적성, 인성, 미래 성장 가능성, 비전 등 학생의 모든 스토리를 통해 뽑는 입학사정관제를 선호할 수밖에 없다. 단지 걸림돌이 있다면 입학사정관을 많이 채용해야 하는 예산 문제뿐이다.

교육과학기술부에서는 입학사정관제를 정착시키기 위해 많은 예산을 지원하고 있다. 교과부는 2012년에만 연세대·서강대·성균관대 등 30곳을 입학사정관제 선도 대학으로, 가천대·충북대 등 20곳은 입학사정관제 우수 대학으로 각각 선정하여 입학사정관제 지원 사업에 무려 391억 원의 예산을 지원했다.

입학사정관제 선도 대학으로 선정된 대학을 살펴보자. 건국대·경북대·경희대·고려대·단국대·동국대·동아대·서강대·서울대·서울여대·성균관대·성신여대·숙명여대·숭실대·연세대·울산과기대·이화여대·인하대·전남대·전북대·중앙대·카이스트·포스텍·한국외대·한동대·한림대·한양대·서울시립대·조선대·충남대 등이다. 이름하여 서울이나 지역 명문대이다.

입학사정관제만 스토리텔링 능력이 필요한 것은 아니다. 수시나 정시의 논술 시험에도 스토리텔링 능력은 아주 중요하다. 논술 시험과 스토리텔링이 무슨 상관이냐고 반문할지도 모른다. 스토리텔링을 통해 학생은 라이팅 능력(이것을 어떻게 길러야 하는지와 자세한 내용은 4장에서 언급한다.)을 기르게 된다.

수시와 정시의 논술에서는 정확한 문맥 파악, 사고력을 통한 문제 해결 능력, 창의적인 표현 능력 같은 라이팅 능력이 무엇보다도 중요하다. 서울대, 연세대, 고려대, 이화여대, 한양대, 서강대, 성균관대, 중앙대 등 대부분의 상위권 대학은 수시, 정시에서 논술 시험을 치르고 있다.

그렇다면 논술 문제가 어떻게 출제되는지 한 번 살펴보자.

서울대학교는 논술고사 출제 의도를 다음과 같이 밝혔다.

(1) 교과서에서 다루고 있는 주요 개념에 대한 충실한 이해 정도.

(2) 이를 바탕으로 한 논리적 사고력과 추론 능력, 나아가 창의적 사고력을 평가할 수 있는 문항을 출제하기 위해 노력하였다. 이를

통해 고등학교 교육과정을 충실히 이수함과 동시에, 지적 호기심을 가지고 자기주도적 학습 능력을 기르기 위해 노력한 학생이 좋은 점수를 받을 수 있기를 기대하였다.

서울대학교 2012학년도 인문계열 논술 문제를 한 번 살펴보자. 논술 문항을 보면 서울대의 의도를 잘 파악할 수 있다.

【문항 3】 [제시문]

(가) 다음은 나폴레옹의 일대기를 약술한 것이다.

o 1769년 8월 15일 지중해의 작은 섬 코르시카에서 출생함. 나폴레옹의 집안은 프랑스의 코르시카 점령에 항의하기 위해 '파스콸레 파올리'가 이끄는 독립운동에 참여하였으나, '파스콸레 파올리'가 망명하자 프랑스 측으로 전향하여, 가문의 명칭을 '부오나 파르테'에서 프랑스식인 '보나파르트'로 바꾸고 귀족 자격을 얻음.

o 1779년 아버지를 따라 프랑스로 건너가 유년 육군사관학교에 입학함.

o 1784년 파리 육군사관학교에 입학하여 4년 과정을 불과 11개월 만에 수료함.

o 1785년 육군사관학교를 졸업하고 포병 소위로 임관함.

o 1789년 바스티유 감옥 함락 소식을 듣고 프랑스 혁명에 참가하였

 스토리텔링에 강한 아이로 키워라

다가 체포됨.

○ 1792년 코르시카로 귀향하여 국민위병대의 중령이 되지만, 프랑스 왕당파와 가까웠던 '파스콸레 파울리'와 균열이 생겨 일가족과 마르세유로 도피함. 마르세유에서 유복한 상인 집안의 딸 '데지레 클라리'와 약혼함.

○ 1793년 프랑스군 대위로서 왕당파의 반란군을 진압하는 최초의 무훈을 세워 사단장이 됨.

○ 1794년 공안위원장 '막시밀리앙 로베스피에르'가 실각하여 처형된 후 감옥에 갇힘. 이후 석방되어 혁명 정부의 총재 '파울 바라스'에게 등용됨.

○ 1795년 파리에서 왕당파의 봉기가 일어나자 수도 시가지에서 대포를 쏘는 대담한 전법으로 진압함으로써 사단장이 됨.

○ 1796년 '데지레 클라리'와 파혼하고, 귀족의 미망인으로 '파울 바라스'의 애인이기도 한 '조제핀 드 보아르네'와 결혼함. '파울 바라스'에 의해 이탈리아 원정군의 사령관으로 발탁됨.

○ 1797년 오스트리아의 수도 빈을 점령함.

○ 1798년 이집트의 피라미드 전투에서 승리함.

○ 1799년 영국과 오스트리아가 동맹을 맺고 프랑스의 왕정복고를 명분으로 내세워 프랑스를 위협하자, 혁명 정부의 명령도 받지 않고 귀국함. 의사당에서 자신의 정부를 승인할 것을 요청하였으나 오백인회가 이를 거부하자 쿠데타를 일으켜 오백인회를 해산함. 3명

의 통령들을 두는 새 헌법을 만들어 국민투표에 부쳐 원로원으로부터 10년 임기의 제1통령으로 임명됨.

○ 1800년 연합국에 강화를 제의하지만 거절당하자, 실패할 것이라는 주변의 만류에도 불구하고 알프스를 직접 넘어 마렝고 전투에서 오스트리아를 굴복시킴. 이때 "나의 사전에 불가능이란 없다."라는 말을 남겼다고 함.

○ 1801년 오스트리아와 강화하여 라인 강의 절반을 할양받음. 북이탈리아 등을 프랑스의 보호국으로 만듦.

○ 1802년 종신통령이 되어 자신의 독재권을 더욱 강화함.

○ 1804년 각 지역의 여러 가지 관습법과 봉건법을 하나로 통일한 최초의 민법전인 '나폴레옹 법전'을 제정함. 국민투표를 거쳐 황제로 즉위함.

○ 1805년 트라팔가르 해전에서 넬슨이 이끈 영국 해군에게 완패함.

○ 1806년 대륙봉쇄령을 내려 유럽 국가가 영국과 교역하는 것을 금지함. 프로이센이 영국, 러시아, 스웨덴과 더불어 대프랑스 동맹을 조직하자, 10월에 프로이센군을 물리치고 베를린에 입성함.

○ 1807년 폴란드로 진격함. 프로이센을 구원하러 온 러시아군을 격파함. 프로이센의 영토를 축소시키고, 폴란드 지역을 하나로 묶어 바르샤바 대공국을 세움.

○ 1808년 스페인을 점령함.

○ 1810년 황후 '조제핀 드 보아르네'와 이혼하고, 오스트리아 황제의

딸 '마리 루이즈'와 혼인함.

○ 1812년 60만 대군을 이끌고 대륙봉쇄령을 어긴 러시아를 공격하여 모스크바를 점령함. 러시아군이 퇴각하면서 도시와 곡식에 불을 질렀기 때문에 겨울을 넘기기 어려워 퇴각하다가 뒤쫓아온 러시아군에게 대패함. 대프랑스 동맹이 새로이 결성됨.

○ 1814년 대프랑스 연합군에 포위되어 3월에 파리가 함락됨. 나폴레옹은 퇴위를 강요당하여 지중해의 작은 섬인 엘바 섬으로 추방됨.

○ 1815년 엘바 섬을 탈출하여 파리로 돌아와 복위하나, 워털루 전투에서 영국과 프로이센의 연합군에게 완패하여 백일천하가 끝남.

○ 1821년 5월 5일 유배지 세인트 헬레나 섬에서 사망함.

논제 1. 나폴레옹이 자신의 목표를 이루기 위하여, 끊어져 있던 손금의 선을 칼로 그어 이었다는 이야기가 전해지고 있다.

제시문 (가)에 약술된 나폴레옹의 삶에서 중요하다고 생각하는 사건 하나를 들고, 그 사건과 관련하여 나폴레옹이 언제, 어떤 마음으로, 어느 손금을 바꾸었을지 제시문 (나)의 내용을 토대로 상상하여 서술하시오. 또한 '손금'은 나폴레옹에게 어떠한 의미가 있었을지 서술하시오. (800 ± 200자)

논제 2. 우리는 주변에서 손금을 보는 것과 같은 행위를 수없이 발견할 수 있다. 이와 관련된 구체적인 예를 두 가지 들고, 이 두 행위가 가지는 의미를 기술한 후, 인간이 이러한 행위를 하는 이유에 대해 논하시오. (1,000 ± 200자)

[조건 1] '손금을 보는 것'과 유사한 행위들의 분류 기준을 제시하고 서로 다른 유형에 속하는 사례를 들 것.
[조건 2] 두 가지 예 중 하나는 논제 1에서 서술한 손금에 대한 나폴레옹의 태도와 연관 지어 설명할 것.
[조건 3] 자신의 견해에 대한 예상 반론과 그것에 대한 반박을 포함시킬 것.

학원에서 판박이 모범 해답을 달달 외운 학생이 과연 이러한 문제를 풀 수 있을까? 자기주도적 학습 기반 아래 논리적 사고력과 추론 능력, 창의적 사고력을 가지고 있지 않다면 이런 논술 문제를 푼다는 것은 결코 만만치 않은 일이다. 학교 시험 성적을 잘 받기 위한 암기 위주의 공부를 해온 학생은 결코 쉽사리 풀어낼 수 없는 문제이다.

자연계열도 수리, 과학, 창의성에 관련된 문제가 나오지만 인문계열도 사고력, 문장 표현력 등의 라이팅 능력이 없으면 결코 쉽게 풀 수 없는 논술 문제가 출제된다.

 스토리텔링에 강한 아이로 키워라

대학 논술 시험 문제가 이처럼 어려운 이유는 하나이다. 논술의 난이도를 높이면 변별력이 생겨 채점도 수월할 뿐더러 수능의 영향력을 높이는 데도 도움이 되기 때문이다. 실제 입시 논술 학원에서는 논술이 난이도가 높으니 열심히 공부해야 한다고 말한다. 그러나 논술에서의 능력은 학원에서 단시간에 기를 수 있는 것이 아니라 평상시에 학생이 라이팅 능력과 국어 능력, 그리고 교과적 지식을 함께 키워나가야 해결할 수 있는 것이다. '논술이야 입시철이 다가오면 그때 학원에서 단기간에 배우면 되겠지.'라고 생각한다면 큰 오산이다.

이제 명문 대학 입학을 목표로 하는 학생이라면 어떤 준비를 해야 할지 감이 오지 않는가?

현재 초등학생, 중학생인 자녀의 미래를 한 번 상상해보자. 입학사정관제는 2013년도부터 대부분의 특목고에서 실시되고 있다. 불과 몇 년 전만 해도 이런 변화가 올 것이라고 예상한 부모가 얼마나 있었는가.

이제 입학사정관제는 대학이든, 특목고든 학생 선발의 대세가 될 것이다. 그러므로 한 발 앞서가는 부모가 되어야 한다. 입학사정관제의 강자로 등극할 수 있고, 남과는 다른 비전을 가진 아이로 키우는 것, 이 두 마리 토끼를 다 잡는 스토리 있는 아이로 키우기 위해 노력하는 부모가 되어야 한다.

대학이 인생의 끝이 아니다 기업과 사회에서는 스토리텔링을 갖추지 않으면 낙오자가 된다

"좋은 대학에 입학했으니 이제 내 아이의 인생은 탄 탄대로일 거야."

학부모들은 이런 생각을 많이 한다. 그래서 무슨 수를 써서라도 자녀를 좋은 대학에 입학시키려고 혈안이 되어 있다. 하지만 20세 기에나 통하는 말이었다. 소위 SKY 대학을 나오면 대기업에 취직을 했고, 유학파는 대기업에 들어가거나 교수가 되는 안전 마진이 있 었기 때문이다.

그렇다면 21세기하고도 10년이 훌쩍 지나버린 지금은 어떠한가? 그때와는 전혀 다른 세상이 되었다. 서울대의 취업률이 61.0%, 고

려대가 66.6%, 연세대가 65.2%이다. [06]

대학 졸업 평균의 59.5%보다는 높지만 그다지 높지 않은 것이 현실이다.

물론 속사정은 더욱 어렵다. 대학원 진학, 임시직 등을 치면 더욱 낮을뿐더러 취업 삼수·사수생이 즐비한 게 사실이다. 이제 기업들도 대학 간판만을 바라보던 구시대 방식으로 직원을 채용하지 않는다.

누구나 입사하기를 원하는 기업들은 인재를 어떻게 선발할까? 세계 일류 기업의 입사 시험 문제를 살펴보자. 그들이 원하는 인재를 한눈에 알 수 있을 것이다.

구글의 입사 시험 문제

〈모든 부모가 아들을 원하는 나라를 상상해보자. 가정마다 아들을 낳을 때까지 계속 출산을 하다 아들을 낳으면 더 이상 아이를 갖지 않는다. 이 나라에서 남아 대 여아 비율은 어떻게 될까?〉

〈엠파이어스테이트 빌딩 높이만큼 쌓인 주화를 갖고 있다면 그 주화 모두를 한 방에 들어가게 할 수 있을까?〉

〈초침이 있는 아날로그시계가 생겼다. 시계의 세 침 모두가 겹치는

---

06) 교육과학기술부와 한국대학교육협의회 조사 결과(2012년 8월 23일 '대학 알리미'를 통해 발표).

경우는 하루에 몇 번인가?〉[07]

마이크로소프트의 입사 시험 문제

〈지금부터 5분 이내에 워싱턴주에 있는 주유소를 알 수 있는 방법을 찾아라.〉

미디어 및 게임 업체인 IGN엔터테인먼트 입사 시험 문제

〈미국 캘리포니아주 샌프란시스코에 있는 골든게이트브리지 길이만큼 1센트짜리 동전을 줄지어 세우려면 동전 몇 개가 필요할까?〉

영국의 명문 옥스퍼드대학 면접시험 문제(2007년도)

〈빈 방에 냉장고가 있다. 물을 마시려고 냉장고를 열면 방 온도는 어떻게 변할까?〉(물리학과)

〈손에 모래를 쥐고 있다가 조금씩 떨어뜨리기 시작했다. 땅에 쌓이려면 모래 알갱이 몇 개가 필요할까?〉(경제학과)[08]

야후 입사 시험 문제

다음 문제를 보고 자신만의 논리로 설명하시오.

---

07) 윌리엄 파운드스톤, 『당신은 구글에서 일할 만큼 똑똑한가?』, 타임비즈, 2012.

08) 박효정 외, 『속 터지는 영희 엄마? 속 풀리는 혜리 엄마』, 대한교과서, 2007.

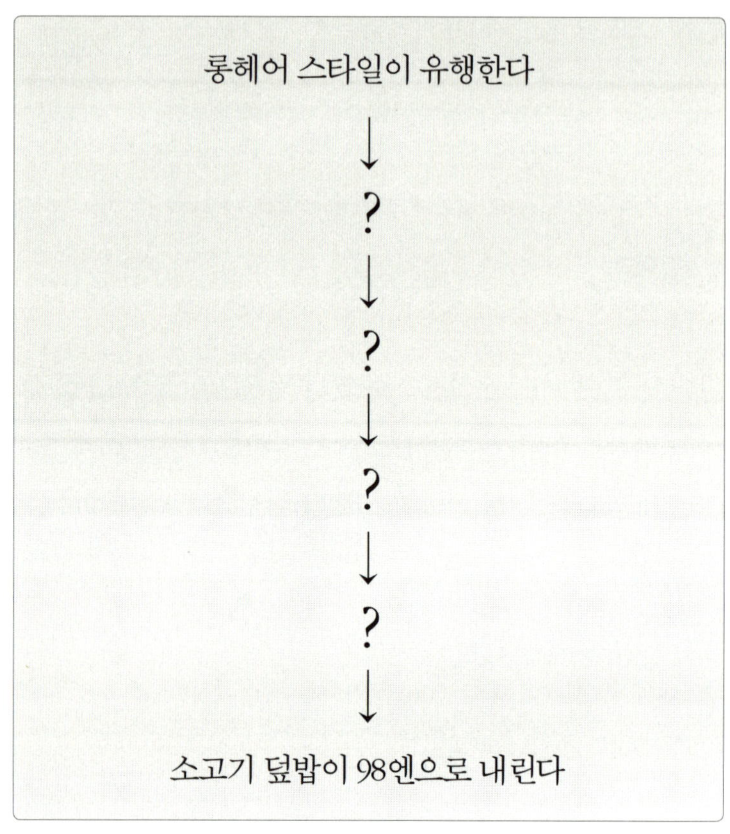

우리 기업의 입사 시험 문제도 살펴보자.

LG디스플레이 2011년 하반기 대졸 신입 사원 공채

도전적인 목표를 정하고 열정적으로 일을 추진했던 경험을 구체적으로 기술해주십시오. 특히, 일을 추진해나가는 데 있어서 어려웠던 점과 그 결과에 대해서 중점적으로 기술해주시기 바랍니다.

한국은행 2012년 신입 행원 필기시험

가족관·결혼관에서 세대 간의 가치가 차이 나는 이유를 논하라.

한국타이어 2010년 하반기 대졸 신입 사원 공채

성장과정에서 도전적인 목표를 설정하고 끈기 있게 실행하여 성과를 창출한 경험에 대하여 작성하여 주십시오.

효성그룹 면접시험 문제

서울에서 하루에 팔리는 자장면은 몇 그릇일까? 한강물의 총 무게는 얼마나 될까?

어떤가? 이런 문제들을 대학 간판으로, 토익 점수로, 또는 빵빵한 스펙으로 풀 수 있을 것 같은가?

기업이 선발하는 인재의 기준이 달라졌다는 것을 한눈에 알 수 있을 것이다. 예전에는 대학 학점, 토익 성적, 자격증, 어학연수 등이 주 척도였지만 지금은 다르다. 이제 기업에서는 최고를 뽑지 않는다. 자신만의 스토리를 지닌 '우리 회사에 가장 적합한 인재'를 뽑는 데 열을 올리고 있다.

모든 입사 지원자들이 스펙 쌓기에 몰두하지만 지금의 기업에서 바라보는 것은 숫자, 종이로 판단할 수 있는 것들이 아니라 지원자의 성품, 가치관, 삶의 자세 같은 것들이다.

모 기업에서 신입 사원을 채용할 때 공개적으로 이렇게 선언하고 나섰다.

"We want your STORY not SPEC."

입장을 바꾸어놓고 생각해보자. 당신이 대기업의 면접관이라 상상하면 '사람이 기업의 미래다'라는 생각을 당연히 머릿속에 각인시키고서 사람을 뽑을 것이다.

당신이라면 자신을 알리는 사람과, 자신을 알리면서 자신의 스토리로 감동까지 주는 사람 중 누구의 손을 들어주겠는가? 후자일 게 뻔하다.

기업들이 이런 경향으로 바뀌는 것은 학생의 졸업 평점, 토익 성적, 자격증 같은 스펙보다 자신이 원하는 직무 분야에 대하여 체계적으로 공부를 하고 경험을 쌓았는가를 보는 최근의 경향을 잘 반영한다.

세계적인 마케팅 컨설턴트 세스 고딘은 저서『마케터는 새빨간 거짓말쟁이』(2007)에서 "고객이 구입하는 것은 상품이 아니라 상품에 담긴 스토리다."라고 말했다.

기업들의 21세기 마케팅 포인트는 '사람의 마음을 움직이는 것'이다. 마음을 움직이는 데 가장 효과적인 것은 바로 이야기이다.

기업들이 자신을 각인시키고 판매를 촉진하기 위해 온통 스토리와 스토리텔링에 몰입해 있는 만큼 기업을 이끌어나갈 인재를 뽑을 때 스토리텔링력을 갖춘 사람을 선호하는 것은 당연하다.

LG그룹 구본무 회장은 2009년 이렇게 선언했다.

"대졸 신입 사원을 뽑을 때 상경계열 등 특정 분야 전공자 위주로만 뽑지 말고 철학과, 심리학과 등 다양한 분야 출신의 인재를 널리 뽑아야 한다."

이 말은 경영학도보다 인문학도를 우대한다는 뜻이 아니다. 경영학 인재를 많이 뽑았더니 경영에 도움은 되지만 기업의 스토리를 만들어내는 인재가 부족했다는 것이다. 인문학적 소양을 기반으로 스토리를 만들어낼 인재를 선발하겠다는 것이다.

이제 고입, 대입에만 몰입해서 내 아이를 키우는 우를 범하지 말라. 시각을 미래에 두라. 대학이 인생의 보증수표가 되어주던 시대는 안녕을 고하였다는 사실을 기억하라.

자녀를 스토리텔링에 강한 진짜 인재로 키워라. 그래야 대학 졸업 후 사회의 진짜 인재가 된다.

자신만의 스토리텔링으로
성공을 거둔 사람들

한국이 자랑하는 광고계의 기린아 이제석, 의학 전문 기자 홍혜걸, 만화가 강풀, 강력한 대선 후보로 급부상했던 안철수, 이들의 공통점은 무엇일까?

이들은 자신의 분야에서 최고라는 공통점이 있다. 또 하나는 '자신만의 스토리'를 가지고 있다는 점이다.

우리 사회에는 자신만의 스토리텔링으로 성공이라는 월계관을 쓴 사람들이 많다. 그들의 성공은 대학 간판도 아니며, 수많은 자격증 때문도 아니었다.

스토리텔링으로 자신의 분야에서 최고의 자리에 우뚝 선 사람들을 살펴보자.

다음의 두 스토리를 한 번 비교해보라.

스토리 1

그림을 무척이나 좋아하던 소년이 있었다. 공부는 그야말로 젬병. 그러던 어느 날 그는 선생님으로부터 그림으로 대학에 갈 수 있다는 말을 들었다. 기초가 부족한 상황에서 공부를 하고 그는 계명대학교 시각디자인과에 입학하게 된다. 그곳에서 그는 광고의 매력에 흠뻑 젖어들었다.

대학을 졸업한 후 그는 수십 개의 이력서를 광고 회사에 뿌렸지만 단 한 곳에서도 연락을 받지 못했다. 광고 회사에서는 그가 만든 광고는 중요하지 않았다. 어느 대학을 졸업했는지, 토익 점수가 몇 점인지를 그에게 물었다.

지방대 출신에 영어 성적 無. 그는 자신의 스펙으로 할 수 있는 일은 간판쟁이뿐이라는 생각을 가지게 되었다. 그 일을 시작했지만 동네 명함집 아저씨에게 굴욕을 당하기까지 했다.

스토리 2

▶ 세계적인 광고 회사 JWT, BBDO, FCB 등에서 일했던 광고인

▶ 세계 3대 광고제의 하나인 '원쇼 페스티벌' 최우수상

▶ 광고계의 오스카상 '클리어 어워드' 동상

▶ 미국 광고 협회 '애디 어워드' 금상 2개

▶ 2009 '세상을 밝게 만든 사람들' 올해의 인물

▶ 2011 올해의 광고인

▶ 2011 서울AP클럽 올해의 광고상

달라도 너무 다른 스펙이다. 하지만 이것은 두 사람의 스펙이 아니라 동일 인물의 약력이다. 바로 광고 천재라 불리는 젊은 광고인 이제석의 이력서이다.

스토리 1의 보잘것없는 스펙을 가지고 있던 그는 냉철하게 판단하기 시작했다. 스펙을 중시하는 한국의 판은 자신에게 불리하다는 것을 깨닫고 그것을 뒤집기로 결심한 것이다.

그는 단돈 500달러를 쥐고 광고의 본고장이라 할 수 있는 미국으로 향했다. 미국으로 가는 비행기 안에서 남들이 원하는 '스펙'이 아니라 누구도 따라오지 못할 자신만의 '스토리'를 만들겠다고 결심했다.

이제석은 미국에서 힘겹게 영어를 익히며 2006년 9월 뉴욕 스쿨 오브 비주얼 아츠(School Of Visual Arts, 이하 SVA)에 편입했다. 그리고 밤을 새가며 광고를 만들었다.

그는 뉴욕으로 건너간 지 2년 만에 뉴욕 원쇼 페스티벌 최우수상, 클리어 어워드 동상, 애디 어워드 금상 등 세계 유수의 국제 광고제에서 무려 29개의 메달을 휩쓸었다.

그의 광고들은 사람의 허를 찌르는 기발함, 짧은 글과 디자인으

로 감성을 자극하는 놀라움을 만들어낸다. (특히 그가 만든 공익광
고는 대단하다 못해 경탄을 자아낸다.)

스펙 없이 자신만의 스토리로 대한민국 최고의 젊은 광고인으로
우뚝 선 그, 그가 들려주는 이야기이다.

"나는 내 나라에서는 새는 바가지였다. 대학을 수석 졸업했는데
도 오라는 회사는 한 군데도 없었다. 광고쟁이가 광고만 잘하면 되
지, 왜 토익 성적이 필요하고 명문대 간판이 필요한 걸까? 창의력을
이런 잣대로 잴 수 있는가? 태평양 물은 몇 바가지, 대서양 물은 몇
바가지, 이렇게 바가지 타령을 하는 것과 무엇이 다른가? 하지만 나
는 내 나라 밖에서는 새는 바가지가 아니었다. 뉴욕에서 2년 동안
전 세계 광고 공모전을 거의 싹쓸이하다시피 했고 내로라하는 세계
적인 광고 회사에서 일했다. 안에서 새던 바가지가 밖에서 인정받
자 이제 안에서도 인정하게 됐다. 그게 남들 눈에는 인생 역전처럼
보이는 걸까? 루저라 불리는 칙칙한 청춘들에게 희망의 빛을 던져
주는 등대쯤으로 보이는 걸까? 나에게 자꾸 말을 하라고 한다." [09]

서울대학교 의과대학을 졸업한 사람이 있었다. 그는 서울의 달동
네 비슷한 열악한 집에 산다는 이유로 사랑하던 여자에게서 차였
다. 상처를 받은 그는 해군에 입대했다. 마음을 다잡아보려고 한 입
대였지만 그는 허리를 다치고 제대하게 되었다.

09) 이제석, 『광고천재 이제석』, 학고재, 2010.

　의과대학을 졸업했으니 당연히 의사가 되리란 것이 사람들의 생각이다. 그러나 그는 달랐다. 우연히《중앙일보》에서 의학 전문 기자를 모집한다는 공고를 보게 되었다. 그는 생각했다.

　'평범한 의사 대신에 의학 전문 기자라는 미개척지에 뛰어들어 나만의 전문성을 만들어보겠다.'

　그는 의학 전문 기자에 도전하였고 지금은 '국내 의사 출신 의학 전문 기자 1호', '중앙일보 최연소 논설위원 역임'이라는 타이틀을 가진 사람이 되었다. 그가 바로 홍혜걸이다. 잘생긴 외모로 텔레비전에서도 맹활약하고 있는 의학 전문 기자 홍혜걸(현 의학 전문 프리랜서 칼럼니스트)도 자신의 스토리를 스스로 개척한 사람이다.

　서울대 의대를 졸업하고 당연히 의사가 되는 수순을 밟는 대신 그는 자신의 잠재력을 발휘할 기자에 도전한 것이다. 기자에 도전하면서 그는 '의학을 글로 알려주는 기자'라는 자신의 인생 스토리를 만들어나가기 시작했다. 방송에도 자주 출연하면서 '의학 전문 기자'라는 인생 타이틀로 사람들을 만났다. 의대 출신으로 의료 정보를 제공하는, 남들이 가지 않은 자신만의 길을 개척해낸 것이다.

　그가 만일 의사가 되었다면 대한민국의 수많은 의사 가운데 한 명으로 사람들이 기억도 못했겠지만, 그는 자신만의 스토리를 만들어나갔기에 세상 사람들의 뇌리에 '대한민국 최초의 의학 전문 기자'라는 타이틀로 기억되는 것이다.

"그때도 '의사의 사는 스승 사, 기자의 자는 놈 자'라는 말까지 하며 말리는 사람들이 있었어요. 그렇지만 저는 제 선택을 결코 후회하지 않아요. 연간 5천 명이나 쏟아지는 의사 중 한 명이 되는 것보다는 훨씬 희소성이 있는 직업이잖아요?"

그는 청춘들에게 자신의 경험에 비추어 이렇게 조언한다.

"저는 그런 사람들이 싫어요. 왜 젊은 사람이 아껴 아껴 조금씩 저축하는 거 있잖아요. 아니, 젊은이라면 빚을 내서라도 자신의 잠재력을 키우는 데 투자해야지요. 투자를 많이 하면 세속적 부는 나중에 수십 배라도 한꺼번에 거머쥘 수 있어요. 인터넷 '다음'의 이재웅 사장 보세요. 똑똑한 사람들 다 의사, 판검사 될 때 자기는 프랑스로 인터넷 유학을 갔잖아요. 항상 긴 흐름을 보시고 개성을 살리길 바랍니다!" [10]

우리 시대 최고의 만화가 강풀, 그는 〈아파트〉, 〈순정만화〉, 〈바보〉, 〈그대를 사랑합니다〉, 〈이웃사람〉, 〈26년〉 등 만화로서는 가장 많은 작품이 영화화된 최고의 인기 작가이다.

그는 상지대 국문과를 나왔다. 졸업은 했지만 만화가의 꿈을 꾸고 있던 그를 불러주는 곳은 한 곳도 없었다. 대학도 서른이 다 되어 졸업했다.

---

10) http://www.lg-sl.net/product/creativeexpedition/scientist/readScientist.
mvc?scientistId=JNDA2005110002

 스토리텔링에 강한 아이로 키워라

그는 맨땅에 헤딩 정신으로 만화가의 꿈을 이루기 위해 도전했다. 두꺼운 전화번호부를 뒤져서 서울·경기 지역 업종편 두 권에 수록되어 있는 모든 잡지사, 신문사, 출판사를 찾아냈다. 그리고 그곳 전부에 석 장짜리 이력서를 보냈다.

'내 만화를 실으면 당신의 잡지사는 부흥할 것이다.'

그는 봉투에 이렇게 적은 자신의 명함을 동봉했다. 이력서 첫 장에는 자신의 캐리커처와 이력을 썼고, 두 번째 장에는 자신이 그린 다른 인물의 캐리커처, 세 번째 장에는 단편 만화를 그려서 제출했다. 그렇게 보낸 곳이 무려 427군데. 그런데 놀랍게도 단 한 곳에서도 연락이 오지 않았다.

이제 그는 다른 방식을 찾기로 했다. 서울에서 가장 큰 교보문고로 향했다. 그곳 잡지 코너에서 출판사 전화번호와 편집장 이름을 모두 찾아서 메모지에 적었다. 그리고 다음날부터 강행군을 시작했다. 그 출판사를 모두 돌아다닌 것이다. 오전에 두 곳, 오후에 두 곳을 찾았다고 한다. 자신의 그림을 보여주며 일거리를 달라고 했지만 6개월 동안 단 한 곳에서도 그에게 일을 주지 않았다.

남들은 이런 과정을 취업을 위해 발버둥치는 취업 준비생의 일상이라고 생각할지 모르지만 나는 그가 자신만의 스토리를 만들어가는 시간이었다고 의미를 둔다. 그는 자신의 그림 실력이 뛰어나지 않다는 사실, 잡지나 책으로 데뷔하지 못했다는 사실을 객관적으로 바라보기 시작한 것이다.

그래서 그는 독자를 직접 만나기로 마음을 먹었고 인터넷에 웹툰 연재를 하기로 했다. 물론 돈 한 푼도 생기지 않는 일이다. 자신의 상황을 면밀히 파악하고 자신의 길을 스스로 찾아나서는 것. 즉 그는 자신만의 강점, 바로 스토리를 만들어가기 시작한 것이다.

당시 인터넷은 만화의 비주류 매체였지만 시대적으로 컴퓨터 보급이 늘어나면서 결과적으로 그는 시대를 앞서나간 만화가로 우뚝 선 것이다. 약점보다는 자신이 더 잘할 수 있고 자신 있는 것에 집중, 장점을 부각시켜 자신만의 스토리를 써내려간 것이 그의 성공 요인이다.

"제가 스토리를 만들 때 맨 먼저 하는 것은 한 줄 요약입니다. 재미있는 이야기는 모두 한 줄로 요약이 됩니다. 한 줄 요약이 안 되면 작가 자신이 무슨 이야기를 하는지 모른다는 뜻이에요. 시놉시스는 5~6줄 정도 되죠. 한 줄 요약과는 다릅니다. 한 줄로 요약해서 재미있으면 그 이야기는 재미있다고 믿습니다. 예를 들면 〈바보〉는 '어린 시절 짝사랑한 여자를 10년간 기다린 동네 바보 이야기'라고 요약이 되지요. 평소에 다른 사람의 작품을 한 줄로 요약해보는 연습을 하는 것도 좋습니다. 그리고 기왕이면 다른 사람들과는 다른 각도로 생각해봅니다. 영화 〈추격자〉를 저는 이렇게 요약합니다. '나쁜 놈이 더 나쁜 놈을 만났다.' " [11]

---

11) 서울 북부고용지원센터 강연회, 2009. 7. 8.

세계 영화계의 거장 스티븐 스필버그의 성공 또한 눈여겨볼 만하다. 그가 영화계를 주름잡는 영화감독이 될 수 있었던 데에는 어머니의 스토리텔링형 교육이 있었다.

어린 시절 아버지로부터 선물 받은 비디오카메라는 어린 스티븐 스필버그를 자극하기에 충분했다. 당신이 부모라면 자녀가 공부는 안 하고 카메라로 영상 찍는 것에만 몰두할 때 어떻게 하겠는가?

스필버그의 어머니 레아 애들러는 아들이 영화 찍는 것을 반대하지 않고 오히려 그가 영화 찍기를 원하면 어디든 데려다 주었다. 그가 열두 살 때에는 사막에서 영화를 찍고 싶어 해서 그곳까지 갔을 정도였다. 그녀는 학부모 모임이나 학교 모임에 시간을 소비하지 않는 대신 아이들과 여행을 하고 캠핑을 가고 영화를 찍게 했다. 그녀는 이렇게 고백할 정도였다.

"나는 학부모·교사 모임에 가입하지 않은 유일한 엄마라는 세계 신기록을 가지고 있다. 회원 규칙을 100퍼센트 깨버렸다."

그녀는 스필버그가 영화를 찍고 영화에 몰두하는 것이 상상력에 날개를 달아주는 일이라고 생각했다.

친구들 사이에서 '영화 찍는 아이'라는 그만의 스토리를 가진 아이로 만들어준 것이다. 부모의 그런 교육 덕분에 중·고등학교, 대학교에 가서도 스필버그의 관심은 온통 영화뿐이었고, 그는 대학생 때 〈앰블린〉이라는 16mm 영화를 찍고 영화감독의 길로 접어들게 되었다.

"자녀 교육은 마치 자녀와 함께 춤을 추는 것과 같다. 그러나 반드시 자녀가 리드하도록 해야 한다." [12]

스티븐 스필버그의 어머니 레아 애들러의 교육관은 스토리텔링 교육의 면목을 잘 보여준다.

안철수 또한 스토리를 갖춘 대표적 인물이다. 서울대학교 의과대학을 졸업한 후 임상 의사의 길을 포기하고 병리학을 전공하다 컴퓨터 바이러스 백신 개발 프로그래머에서 벤처기업 CEO로 변신하였고, 많은 사람들의 존경을 받으며 대권에 도전했다.

사람들이 그에게 감동하는 것은 그의 능력이나 인품 때문이기도 하지만 보장된 의사의 길을 포기하고 새로운 분야에 도전장을 던진 안철수만의 인생 스토리가 가장 큰 이유이다.

이처럼 미래를 이끌어나가는 많은 사람들이 스펙 이상의 스토리와 스토리텔링력을 갖추고 있다.

---

12) 스테파니 허쉬, 『스필버그 엄마처럼 비욘세 엄마처럼』, 김창기 옮김, 행복포럼, 2010.

공부를 잘하는 아이 vs 공부해도 성적이 오르지 않는 아이

아이의 공부 열정에 불을 지펴라

개천에서 용 나는 유일한 방법. 자기주도적 학습이라는 비밀 병기를 갖추어라

스토리텔링에서는 실패가 의미가 있다. 실패를 디딤돌로 삼는 아이로 키워라

외국어고, 특목고, 이제 선행 학습이나 학원의 힘으로 입학은 불가능하다

스토리텔링을 갖춘 아이가 미래 경쟁력이 있는 아이다

학습 방법에도 스토리 공부법이 필요하다

S T O R Y T E L L I N G

스토리 있는 아이가 미래 인재가 되는 이유

STORYTELLING

3장

공부를 잘하는 아이
VS
공부해도 성적이 오르지 않는 아이

학력고사를 보던 예전에는 매년 어김없이 매스컴을 통해 들려오는 수석 학생들의 인터뷰가 있었다.

특별한 공부 비법이 있을 것이란 예상과는 달리 너무도 평범한 말이었다. 그래서 이름하여 '수석의 3대 거짓말'이라는 말이 유행한 적이 있었다.

"학원에 다니지 않고 교과서 위주로 공부했다."

"하루 여덟 시간 이상 충분히 잤다."

"부모님이 공부하라고 잔소리를 단 한 번도 하지 않았다."

이 인터뷰를 보거나 들은 학부모들은 부러움 반 한숨 반의 미묘한 감정에 휩싸이곤 했다. 대부분의 학부모가 설마 하며 의구심의 눈

초리를 거두지 못했을 것이다.

교육 전문가로서 현장에서 아이들을 가르치고 소위 공신이라 불릴 정도로 뛰어난 학습 능력을 가진 학생들을 만나면서 나는 공부 잘하는 아이의 특징을 찾아냈다. 입시에서 뛰어난 성적을 거두고, 학교에서 공부 잘하는 아이들을 설문 조사하고 유심히 관찰한 적도 있다. 그들에게는 어떤 다른 학습법이 있을 것이라 믿고 조사를 한 것이다. 그런데 그들에게는 공통된 점은 없었다.

그렇다면 공부 잘하는 방법은 없는 것일까? 있다. 그 방법은 분명히 존재했다.

공부 잘하는 비법은 바로 '자신만의 공부 방법'을 계발해낸 것이다. 누구에게나 모두 통하는 공부 방법은 없었다. 학업 성적이 뛰어난 학생들은 교과서 중심으로 공부하든, 반복 학습 중심으로 공부하든 자신만의 공부 방법이 있었다.

물론 그 비법은 족집게 과외 선생님도, 강남의 몇 백만 원씩 하는 학원에서도 배울 수 없는 것이다. 자신의 노력과 시행착오를 통해 습득할 수 있는 그야말로 자신만의 공부 방법인 것이다.

그런데 자신만의 공부 방법을 찾는 것이 그리 호락호락한 일은 아니다. 이것은 자녀가 어느 정도 자기주도적 학습 습관이 정착되고 나서 생기는 것이다. 그렇다면 자기주도적 학습 습관이 생겨나기 전에 공부 잘하는 아이와 못하는 아이의 차이는 무엇일까?

의외로 간단하다. 학습량, 즉 공부하는 시간의 차이가 아니다. 같

 스토리텔링에 강한 아이로 키워라

은 시간 동안의 학습량의 차이다. 즉 집중하는 시간의 차이인 것이다. 학습하는 동안의 집중력이 승패를 가름한다.

'나는 이렇게 많은 시간을 공부했는데…….'라는 생각은 자기 위안만 될 뿐이지 결코 실력을 향상시켜주지는 못한다.

단도직입적으로 말하면 이렇다.

▶ 자신이 집중하고 몰입한 공부의 절대 시간

▶ 책상에 앉아 있었던 시간

어떤가? 차이가 확 느껴지는가?

거기다 공부 잘하는 아이들에게는 공통점이 하나 더 있었다. 바로 꿈이나 목표를 명확하게 가지고 있다는 점이다. 공부 잘하는 학생들 대부분은 무엇이 되고 싶으냐는 질문에 단 1초도 주저함 없이 자신의 꿈과 목표를 말했다.

꿈과 목표를 가진 아이로 키우는 것은 뒤에서 언급하기로 하고 여기서는 집중력에 대해 설명하겠다. 공부 잘하는 아이와 못하는 아이의 차이 가운데 가장 큰 요인은 바로 집중력이다.

어떤 부모들은 이렇게 이야기한다.

"우리 아이는 집중력은 좋은 편이에요. 게임 같은 것은 두 시간 정도는 몰입해서 하거든요.”

안타깝게도 이것은 집중력이 아니다. 자신이 좋아하는 것, 하고 싶은 것을 오랜 시간 하는 것은 집중력이 아니다. 힘든 것, 하기 싫은 것도 30분 정도를 지속할 수 있는 힘을 가진 것, 이것이 진정한 집중력이다.

<u>자녀의 집중력을 키우는 것은 그 무엇보다 중요한 일이다. 집중력이 학습 능력의 차이를 만들고, 사고력과 창의성 있는 아이로 만들어주는 가장 강력한 매개체이기 때문이다.</u> 자녀를 집중력 있는 아이, 꿈과 목표를 가진 아이로 변화시키기 위해서는 부모의 시각부터 변화해야 한다.

부모들에게 권하고 싶은 것은 한꺼번에 너무 욕심을 내지 말라는 것이다. 사실 초등학생의 경우 30분 이상 무언가에 집중한다는 것은 결코 쉬운 일이 아니며 중학생도 마찬가지다. 처음부터 무리한 시간을 요구하면서 책상 앞에 묶어두려 한다면 역효과가 날 수 있다.

먼저 자녀의 집중 시간을 체크해보는 것이 중요하다. 내 아이에게 맞는 시간을 정하고 그러면서 시간을 조금씩 늘려가야 한다. 그리고 학습 분량을 정해주는 것도 도움이 된다. 시간이 다 되지 않았는데 정해진 분량을 마쳤을 경우에는 인정해주어야 한다. 이것은 집중력뿐만 아니라 뒤에 나올 자기주도적 학습 능력을 키우는 데도 도움이 된다.

아이들의 천재성에 대해 연구하는 토머스 암스트롱 박사는 자녀를 이런 시선으로 바라보기를 권하고 있다.

이렇게 생각하기 보다는 ⟶	이렇게 생각하라
지나치게 행동적이다	에너지가 넘친다
충동적이다	자발적이다
산만하다	창의적이다
몽상가이다	상상력이 풍부하다
부주의하다	다양한 각도로 총체적으로 사고를 한다
예측이 불가능하다	융통성이 있다
논쟁적이다	독립심이 강하다
고집이 세다	초지일관하는 성격이다
짜증을 잘 낸다	예민하다
공격적이다	자기주장이 강하다
집중력이 부족하다	개성이 강하다

"돈을 얼마나 들였는데 성적이 이것밖에 안 나오는 거야."

부모가 가장 삼가야 할 말이다. 공부, 교육은 채소 재배가 아니다. 씨앗을 뿌리면 얼마 안 되어 바로 수확할 수 있는 채소 재배 같은 것이 아니란 말이다.

교육은 인삼 재배와도 같다. 적어도 4년에서 6년은 지나야 수확할 수 있다. 그래서 '다른 것은 몰라도 자식 교육만큼은 마음대로 할 수 없다'라는 말이 나온 것이다. 그만큼 어렵고 오랜 시간이 걸려야 변화를 가져오는 것이 교육이다.

조급한 심정에 아이를 닦달해서 책상 앞에만 앉혀두는 것은 어쩌면 당장은 시험 성적을 올려줄지 모르지만 결국에는 학습 의욕을 떨어뜨리고 산만한 아이로 만드는 독이 될지도 모른다.

좀 더 긴 시각으로 헛공부하는 아이가 아니라 진짜 공부를 하는 아이로 키우길 바란다.

아이의 공부 열정에
불을 지펴라

"우리 아이는 왜 공부하려는 의지가 없는지 모르겠어요."

강연을 다니다 보면 이런 질문을 많이 한다. 그러면 나는 피식 웃으며 대답한다.

"학습 동기는 선천적으로 생겨나는 것이 아닙니다. 공부 의지가 강한 아이도 사실 처음부터 그렇게 타고난 것이 아닙니다. 아이의 학습 동기는 아이의 과거 학습경험에서 나오는 것입니다. 학습에 대한 경험이나 피드백이 부정적이었다면 학습 동기는 쉽사리 생겨나지 않습니다. 즉 지속적인 학습 부진에 시달린다면 아이의 학습 의지는 쉽게 생겨나지 않습니다."

그렇다면 공부 의지를 가진 아이, 스스로 공부할 줄 아는 아이로 만드는 것은 불가능한 일일까? 자녀의 학습에 대한 동기 부족과 무기력은 그냥 생겨나는 것이 아니다.

'긍정심리학'의 대가 마틴 셀리그먼(Martin Seligman) 교수의 '학습된 무기력(learned helplessness)' 실험을 살펴보자.

마틴 셀리그먼은 여러 마리의 개를 A, B, C그룹 3개군으로 나누어 상자에 넣고 전기 충격을 가하는 실험을 하였다.

A그룹은 재갈을 물린 상태에서 가벼운 충격을 가했다. 이 그룹에는 전기 충격을 피할 수 있는 경험을 해주지 않았다.

B그룹도 재갈을 물린 상태에서 가벼운 충격을 가했다. 이 그룹에는 코로 버튼을 누르면 전기 충격을 스스로 멈출 수 있는 경험을 하게 해주었다.

C그룹은 전기 충격을 가하지 않았고 담을 넘으면 전기 충격을 피할 수 있는 경험을 하게 해주었다.

즉 A그룹은 충격통제 불가능군, B그룹은 충격통제 가능군, C그룹은 충격을 경험하지 않은 그룹이다.

그런 다음 각 그룹의 개들은 한 마리씩 가운데 칸막이가 설치된 셔틀 박스 안으로 옮겨졌다. 가운데 칸막이를 사이에 두고 한쪽 벽은 충격이 가해지고, 한쪽 벽은 충격이 가해지지 않도록 해두었다. 개들은 충격이 가해지는 벽 쪽으로 놓아졌다. 개들이 충격을 피하는 방법은 한 가지였다. 칸막이를 넘어 충격이 가해지지 않는 벽을 넘으면 되는 것이다.

어떤 결과가 나왔을까?

전기 충격을 받고 그 충격을 피해본 경험이 없는 A그룹의 개는 누워서 서글프게 낑낑거리기만 할 뿐 아무런 행동도 하지 않았다.

B그룹의 개는 시간이 좀 걸렸지만 여러 번 시도한 끝에 충격을 피해 담을 넘었다.

충격의 경험이 없는 C그룹의 개는 재빨리 움직여 칸막이를 뛰어넘어 충격을 피하는 방법을 찾아냈다.

'학습된 무기력', 이것은 동물뿐 아니라 인간에도 똑같이 적용된다는 것을 마틴 셀리그먼 교수는 증명해냈다.

A그룹의 개들은 학습 동기가 부족할 수밖에 없는 아이들의 예를 극명하게 보여준다. A그룹의 개들은 전기 충격에서 한 번도 벗어나보지 못한 과거의 경험 때문에 새로운 상황에서도 어떤 변화도 생기지 않으리라 무기력에 빠지고 만 것이다.

아이들의 학습 동기나 열성도 마찬가지이다. 좋은 성적을 받아보지 못한 경험, 환경적으로 안정된 학습 분위기를 접해보지 못한 경험, 부모의 잘못된 학습 방식으로 두려움이나 힘겨움에 싸여본 경험, 이런 것들이 자녀의 학습 동기를 꺾고 공부에서 멀어지게 만든다.

그렇다면 좋은 방법은 없을까?

두 가지가 있다. 하나는 학습을 미래의 꿈이나 희망과 관련지어주는 것이다. 공부를 할 때 명확한 목표 의식이 없으면 동기부여가 쉽지 않다.

<u>부모가 자녀의 꿈이 무엇인지 스스로 찾을 수 있도록 제시해주고 (그 방법은 뒤에 나온다.) 아이 스스로 자신의 꿈과 목표를 설정해 나가는 과정을 거치다 보면 학습 동기가 강력하게 작용하는 법이다.</u> (가수가 꿈인 아이를 생각해보라. 가수가 되고 싶다는 목표를 가진 아이는 늘 머리에 가수가 되겠다는 열정이 가득 차게 되고, 꿈을 이루기 위해 아무리 말려도 노래와 춤을 연습한다. 이런 노력들도 엄밀하게 따지면 학습이며, 이런 학습은 가장 강력한 학습 동기를 가졌다고 할 수 있다.)

대부분의 부모들은 '왜 내 아이는 철이 안 드는 것일까?'라는 생각을 한다. 아이들은 부모가 원하는 것보다 늦게 철이 든다. 곧 그것이 정상이라는 소리다.

성적이 나쁜 학생은 인지적 측면과 정서적 측면에서 우수한 학생들과는 매우 다른 구조를 지니고 있다. 학습 문제 전문가인 톨센(Tolsen)의 연구에 따르면 성적이 나쁜 학생들은 다음과 같은 특징을 가지고 있다.

학습 부진 학생의 정서적 특징

1. 성취동기가 약하다.

2. 장차 무엇이 되겠다는 뚜렷한 목적이 없다.

3. 과제 집착력이 약하다.

학습 부진 학생의 인지적 특징

1. 어휘력이 부족하다.

2. 정보 수집 능력이 낮다

3. 수집한 정보를 분석, 조직, 요약하는 능력이 낮다.

4. 문맥 속에 감추어진 의미를 읽어내는 사고 능력이 낮다.

5. 하나의 정보로 다른 정보를 창출하는 창의력이 낮다.

6. 암기 위주로 공부한다.

7. 적절한 학습 전략을 사용하지 못한다. [13]

인지적 특징은 학습 방법으로 변화시킬 수 있지만 진짜 중요한 것은 바로 정서적 특징이다. 학습 능력을 올리려면 먼저 학습 부진 학생의 정서적 특징을 제거해주어야 한다.

느낌이 오지 않는가? 명확한 목표 의식과 꿈을 심어주는 것, 그것이 바로 학습 능력을 우수하게 만드는 최고이자 최선의 방법이다. 꿈이 생겼을 때 비로소 아이 스스로 학습을 하게 되고, 몰입하게 되고, 구체적인 학습 방법을 가지게 되는 것이다.

다른 하나는 끈기이다. 지속성을 가질 수 있는 공부 근력을 키우는 일이다. 공부를 그냥 하는 아이와 공부의 즐거움을 아는 아이 중 누가 더 공부를 잘하게 될까? 두말할 것도 없이 공부의 즐거움을 깨우친 아이다.

---

13) 남미영, 『공부 잘하는 아이로 만드는 독서기술』, 21세기북스, 2004.

그러면 공부의 즐거움을 깨우치기 위해서는 어떻게 해야 할까?

재클린 샌더스와 파멜라 에스펠랜드는 '최선을 위하여: 어린 천재 자녀들을 키우는 부모를 위한 지침서'에서 스키 배우기의 예를 들어 학습에서의 끈기와 지속성이 얼마나 중요한가를 보여준다.

"아이들에게 스키를 가르치기 위해서 먼저 스키 장비 착용 방법부터 가르치는 스키 강사가 있다고 생각해봅시다. 아이들이 장비를 착용할 수 있게 되면 강사는 리프트 타는 방법을 가르치고 그러고 나서 회전과 정지에 필요한 자세 등을 말로 설명하고 연습시킵니다. 이 모든 과정을 거치고 나서야 비로소 그때까지 스키 타기를 포기하지 않은 아이들은 실제로 스키를 타고 슬로프를 내려가볼 수 있습니다. 이 과정을 견디지 못한 아이들은 숙소로 돌아가 비디오 게임이나 하고 있을 것입니다. 중도 포기한 아이들은 결코 스키를 좋아할 수 없게 될 것이며 스키를 타면서 얻을 수 있는 기쁨도 배울 수 없을 것입니다." [14]

근력이란 무엇인가? 꾸준히 단련하면 생겨나는 것이 알통이고 근육이다. 그것을 우리는 근력이라고 한다. 공부 근력은 '스스로 공부하고자 하는 의지와 학습에 대한 철저한 자기주도적 능력'이라고 말하고 싶다.

근력은 하루아침에 길러지지 않는다. 꾸준히 역기를 들다 보면

---

14) 제프리 프리드·로리 파선즈, 『10분 투자로 우리 아이 집중력 키우기』, 박경숙 옮김, 정인 출판사, 2004.

어느 순간에 '아니 이 정도의 근육이 생겼단 말이야?' 하고 스스로도 놀랄 경지에 이르게 된다. 공부 근력 또한 마찬가지다. 공부 근력이 생겨났을 때 아이의 공부 열정은 날개를 달게 되고 공부의 즐거움을 맛보기 시작한다.

개천에서 용 나는
유일한 방법
자기주도적 학습이라는
비밀 병기를 갖추어라

여기저기서 '자기주도적 하습'이라는 말이 들려온다. 현재 교육에서 제기되고 있는 중요 화두 중 하나이기 때문이다. 미래 글로벌 인재가 되기 위해서는 지적 호기심과 탐구력을 통해 평생 학습을 할 수 있는 능력을 갖추어야 한다. 스스로 목표를 세우고, 공부하고, 탐구할 수 있는 자기주도적 학습이 미래를 살아갈 학생들이 갖추어야 할 능력 중 가장 중요한 것으로 인식되고 있는 것이다.

자기주도적 학습 습관이 정착되지 않은 학생은 초·중학교에서는 부모의 지원과 학원의 힘으로 좋은 성적을 거둘 수 있지만 고등학교에 진학해서는 좋은 성적을 내기 힘들다. 설혹 고등학교에서도 잘할 수는 있지만 대학과 사회에 나가서는 결코 인생 우등생이 될 수 없다. 반면에 자기주도적 학습 습관이 굳어진 학생은 초·중·고등학교에서의 성적뿐만 아니라 미래의 평생 학습 측면에서 인재로 우뚝 설 수 있다.

이처럼 교육의 중심에 서 있는 자기주도적 학습이란 무엇일까?

자기주도적 학습(Self-Directed Learning)의 대가로 불리는 노울즈(M. Knowles)는 이렇게 정의했다.

"학습자가 다른 사람의 도움을 받든 그렇지 않든 간에, 자신의 학습을 위한 필요를 진단하고, 학습의 목표를 설정하며, 학습을 위한 인적·물적 자원을 밝히고, 적절한 학습 전략을 선정하고 이를 적용하여 그 학습의 결과를 평가하는 등 일련의 과정에서 스스로 주도적인 역할을 수행하는 학습이다."

즉 무엇을, 왜, 어떻게 공부할 것인가, 학습의 성과는 어떤 기준으로 평가할 것인가를 학습자 스스로 선택하고 결정하는 것이 바로 자기주도적 학습이다.

자기주도적 학습을 해야 하는 원래의 목적은 성적을 올리는 데에 있지 않다. 성적이 올라가는 것은 자기주도적 학습의 부산물이며 적극적 공부를 하기 위함이다.

자녀가 적극적 공부를 하는 것과 소극적 공부를 하는 것 사이에는 어떤 차이가 있을까?

가속 학습의 창시자인 게오르기 로자노프(Georgi Lozanov) 박사의 연구에 기초하여 '슈퍼캠프'라는 청소년 학습 프로그램을 만들어 전 세계적으로 각광받고 있는 바비 드포터(Bobbi DePorter)는 적극적 공부와 소극적 공부의 간극을 이렇게 말하고 있다. [15]

적극적 공부	소극적 공부
모든 것에서 배운다	무엇을 배워야 할지 모른다
배운 것을 자신에게 유리하게 이용한다	학습을 통해 얻은 발전의 기회를 낚아채지 못한다
주도적으로 이끌어나간다	이리저리 끌려 다닌다
삶 속으로 뛰어든다	삶에서 멀어진다

　결국 자기주도적 학습을 기반으로 자녀의 성적을 올리는 것이 종차역이 아니라 자녀의 전 생애의 적극적 공부가 종차역이 되어야 하는 것이다.

　이제 자기주도적 학습을 어떻게 할 것인지 구체적으로 살펴보자.

　초등학생, 중학생에게 자기주도적 학습 습관을 정착시키는 데는 부모의 역할이 중요하다. 자기주도적 학습은 '아이 스스로가 계획하고, 실천하고, 스스로를 평가하는 과정인데 부모의 역할이 왜 필요한가?'라고 반문할지 모르겠다.

　부모들이 한 가지 크게 착각하고 있는 것이 있다. 그것은 자기주

---

15) 바비 드포터·마이크 허나키, 『좌뇌·우뇌 모두 활용하는 슈퍼캠프 학습법』, 최영희 옮김, 바다출판사, 2004.

 스토리텔링에 강한 아이로 키워라

도적 학습은 아이가 모든 것을 스스로 하는 것이라는 생각이다. 자기주도적 학습도 습관화되기까지는 부모의 도움이 필요하다.

자기주도적 학습은 자신의 방법에 맞는 학습 전략을 짜는 것부터 시작된다. 중학생이라면 스스로 학습 계획서를 짜는 것이 가능하겠지만 초등학생은 사실 어렵다. 부모님이 처음에는 함께 계획을 짜며 지지해줄 필요가 있다. 그리고 함께 자기주도적 학습을 만들어 가는 역할을 해주어야 한다. 처음부터 아이가 자기주도적 학습을 할 것이라고 믿는 것은 수영도 할 줄 모르는 아이를 바다 한가운데에 빠뜨리는 일과 같다.

노울즈는 "아이들을 자기주도적 학습이라는 낯선 물속에 내던져 놓고 그들이 수영하기를 기대해서는 안 된다."고 말했다.

그렇다면 내 아이의 자기주도적 학습 습관을 정착시키기 위해 부모는 어떻게 도와주고 어떤 안내자가 되어야 할까?

자기주도적 학습은 크게 동기적 측면, 인지적 측면, 행동적 측면으로 나눌 수 있다.

동기적 측면은 학습을 해야 하는 이유와 목표 설정이다. 즉 공부를 주도적으로 하려면 공부를 왜 해야 하는지 이유와 필요성을 느껴야 한다는 것이다. 그런 필요성을 가지고 있으면 목표를 설정하게 되고 그것이 학습에 큰 효과를 거둘 수 있다.

인지적 측면은 자료를 이해하고 습득할 수 있고, 기억할 수 있는 전략과 인지능력을 가지고 있어야 한다는 것이다. 동기적 측면뿐 아니라 인지적 측면까지 갖추어져야 자기주도적으로 학습할 수 있다.

행동적 측면은 적절한 학습 환경이 구성되어 있어야 한다는 것이다. 공부할 분위기가 조성되어야 하고, 학습을 방해하는 요소들을 제거하는 것까지 포함된다. 그래서 학생 스스로 시간을 통제하고 행동을 통제해 자기주도적 학습을 하는 것이다.

자녀가 학습을 하는 과정에서 인지적, 동기적, 행동적 측면으로 스스로를 조절하고 통제하면 자기주도적 학습을 하게 되고 학습 능력을 현저하게 올려줄 것이다.

부모는 자녀의 동기적 측면에 많은 자극을 주어야 한다. 체험 학습, 독서, 견문을 넓힐 수 있는 경험, 리더십을 기를 기회 등을 마련해줌으로써 아이에게 공부 필요성을 느끼게 해줄 수 있다.

인지적 측면에서는 기초적인 학습 능력을 기를 수 있도록 해야 한다. 수학이나 국어에서 기본적인 학습 능력을 기르지 못한 아이는 자기주도적 학습을 결코 받아들일 수 없다. 특히 국어와 수학의 기초 학습 능력을 갖추도록 해주어야 한다.

행동적 측면에서는 물리적 학습 환경, 즉 가정에서의 공부 분위기, 자녀의 책상 등 물리적 환경과 공부를 할 수 있는 정서적 환경까지 적합하게 만들어주어야 할 책무가 있다.

동기적, 인지적, 행동적 측면에서 부모가 해야 할 역할이 있지만 이때도 모든 것이 부모 주도 아래 이루어져서는 안 된다. 부모는 안

 스토리텔링에 강한 아이로 키워라

내자와 조력자 역할에 충실해야 한다. 이 모든 것이 부모의 주도 아래 이루어진다면 자기주도적 학습은 정착되기 힘들다. 그것은 또 다른 모습의 부모 주도형 교육이 될 수밖에 없다.

정리해보면 앞에서 제시한 동기적, 인지적, 행동적 측면의 것들을 아이가 만들어나갈 수 있도록 부모는 조력자 역할을 해주어야 한다.

자기주도적 학습 토대를 마련해주기 위해 다음과 같은 역할도 해주어야 한다.

1. 학습 계획표를 스스로 짤 수 있는 토대를 마련해준다.
2. 초기에는 학습 계획표대로 움직이는지 함께 점검해준다.
3. 학습 내용을 함께 확인해준다.
4. 처음부터 아이가 학습 계획을 100% 지킬 것을 요구하지 않는다.

자기주도적 학습 습관을 정착시키기 위해서 무엇보다 중요한 것이 한 가지 있다. 학습 계획을 수립하는 것이다. 올바른 계획이 세워져야만 그다음 단계로의 발전이 가능하고 자기주도적 학습 습관을 정착시킬 수 있다. 자녀가 학습 계획을 수립할 때는 몇 가지 원칙을 가지고 있어야 한다. 부모도 이 점을 눈여겨봐야 한다.

학습 계획 수립의 5원칙

1. 계획은 구체적이어야 한다.

국어 공부를 열심히 한다는 계획이 아니다. 무엇을(내용), 얼마 동안(시간), 어느 정도(분량) 학습하겠다는 계획이 명확하게 서 있어야 한다.

2. 학습 분량 중심으로 계획을 짜는 것이 좋다.

시간 단위로 계획을 짜는 것도 좋지만 학습 분량으로 계획을 짜면 실천 가능성이 높아진다.

3. 실행 가능한 계획을 짠다.

지나치게 학습 분량을 많이 정할 경우 포기하기 쉽다. 실천 가능한 분량보다 약간 적게 잡는 것이 성취감을 높인다.

4. 실천하지 못했을 경우를 명시한다.

모든 것이 계획대로 이루어지면 좋겠지만 피치 못할 상황이 생길 수 있다. 그럴 경우에 '몇 월 며칠까지 실천한다' 또는 '다음 주 안에 실천한다' 등 구체적으로 어떻게 할 것인지를 명시해둔다.

5. 반드시 계획에 대한 점검의 시간을 가진다.

계획을 세운 뒤에 실천한 것과 실천하지 못한 것을 기록해두고, 실천하지 못했다면 왜 그랬는지 반드시 점검의 시간을 갖는다.

자기주도적 학습법에 정답은 없다. 하지만 사교육에 의존하지 않고 자녀의 미래 성장 가능성을 높이고 학업 성적을 올리기 위해서

는 자녀가 자기주도적 학습 습관을 갖도록 노력해야 한다. (자기주
도적 학습에는 많은 방법이 존재한다. 이 책에서 모든 것을 다루기
에는 제한이 있는 만큼 자기주도적 학습 습관을 정착시키기 위해
좀 더 자료를 찾아보고 내 아이에게 접목시키는 노력이 필요하다.)

물론 외부적인 압력이나 강압으로 아이를 내 뜻대로 만들 수는 있
다. 그러나 그것은 일시적일 뿐 아이를 변화시킬 수는 없다. 외부적
압력과 강압은 지속성을 띠지 못한다. 아이를 변화시키려면 내부적
책임이나 동기부여를 해주어야 한다. 그럴 때 아이는 스스로 행동
하고, 학습하고, 결국 변화하게 되는 것이다.

자녀가 자기주도적 학습이라는 최신식 비밀 병기를 장착할 수 있
도록 멋진 안내자 역할을 하는 부모가 되기 바란다.

스토리텔링에서는
실패가 의미가 있다
실패를 디딤돌로 삼는
아이로 키워라

신학기가 되면 새로운 얼굴의 아이들을 만난다. 그때마다 아이들에게 들려주는 이야기가 있다.

위대한 인물이 많이 태어나기로 유명한 마을이 있었다. 한 기자가 그 마을에서 가장 지혜롭다고 칭송받는 할아버지에게 찾아가 물었다.

"이 마을에서 위대한 사람이 그렇게 많이 태어났다면서요?"

그러자 할아버지가 말했다.

"우리 마을에서 위대한 사람이 태어난 적은 한 번도 없습니다. 아기만 태어날 뿐입니다."

이 이야기 끝에 나는 코멘트를 하나 덧붙인다.

"새로 우리 반이 된 여러분은 나에게는 모두 아기입니다. 이제부터 선생님과 함께 위대한 사람으로 태어나기 위해 노력합시다."

누구도 재능을 처음부터 타고나는 법은 없다. 조물주는 절대 완성된 인간을 세상에 던져주지 않는다. 단지 뼈대만 줄 뿐이다. 살을 붙여가는 것은 바로 자신의 몫이다.

지금 당장 완성품이 아니라고, 지금 실패했다고 해서 절망할 필요가 있을까? 조금 느리게 그 뼈대에 살을 붙여 완성한다고 해서 절망할 이유는 없다.

아이의 뼈대에 붙게 되는 실패라는 살은 아이를 위대하게 만들어주는 근육이 된다. 그런데 요즘 부모들은 내 아이가 편안하고 안락하기만을 원한다. 안타까울 때가 한두 번이 아니다. 자녀를 나약하게 키우다 보니 훗날 어떤 실패를 하더라도 한 번에 무너지고 마는 것이다.

<u>사실 내 아이에게 인생의 거름이 되어주는 것은 실패 경험이다. 살아가면서 실패가 없으면 더 바랄 게 없겠지만 실패를 견뎌낼 수 있는 내성, 실패를 인생의 점핑 포인트로 만드는 도약형 인간으로 키워야 한다.</u>

인류 초유의 1인 달 착륙을 위해 아폴로 11호에 탑승할 우주인을 뽑을 때의 일이다. 미항공우주국은 색다른 조건을 내걸었다.

'실패했던 사람 우대합니다.'

살아오는 동안 한 번도 실패에서 헤쳐나오지 않았거나 심각한 위기를 이겨낸 적이 없는 사람은 선발 과정에서 탈락 1순위였다.

미국의 인터넷 소매업체 마더네이처사도 간부 사원을 채용할 때 특이한 조건을 한 가지 내걸었다.

'뼈저린 실패를 해본 사람을 우대합니다.'

마더네이처사에서 '지난번 직장에서 뼈아픈 실수를 경험한 일이 있어야 한다.'는 조건을 내건 것은 한 회사를 이끌어나갈 간부라면 실패의 경험을 통해 이를 극복해나갈 능력을 갖춘 사람이 제격이라는 의미였다.

물론 외국뿐 아니라 우리나라도 인재를 뽑을 때 실패 경험이 있는 스토리텔링형 인간을 원하고 있다.

STX 2010년 상반기 인턴사원 모집에 출제된 문제이다.

> ※ 다른 사람이 어렵다고 시도하지 않은 일을 추진하여 성공한 경험
> 또는 실패한 경험 중에서 가장 대표적인 사례를 기술해 주십시오.

기업들이 인재를 선발할 때의 이러한 변화를 취업 포털 인쿠르트의 오규덕 대표 컨설턴트는 이렇게 정의한다.

"스펙의 퇴조와 자기소개서 비중 강화."

한국의 많은 기업들에서도 취업 시험에 이런 식의 질문이 자기소개서 항목으로 등장하고 있다.

 스토리텔링에 강한 아이로 키워라

"살아가면서 크게 실패했던 사례를 들어보라."

실패에서 그 사람이 배운 것을 평가하겠다는 것이다. 이처럼 기업에서도 실패의 경험을 버려야 할 쓰레기 더미가 아니라 '다이아몬드'로 여기고 있다.

그러나 아직 우리에게 '실패'는 무조건 피해야 할 것으로 여겨진다. 우리나라 사람들은 한 번의 실패를 인생 전체의 실패로 여기는 경향이 있다. 부모들은 내 아이의 실패를 두려워한 나머지 무조건 피하려고만 한다. 바로 실패불안증에 떨고 있는 것이다.

세계적 광고대행사인 사치앤사치(Saatchi&Saatchi)의 CEO 케빈 로버츠는 한국의 실패불안증에 대해 이렇게 말했다.

"한국 기업에선 실패한 직원에겐 비난과 질책이 쏟아진다고 들었어요. 하지만 나는 젊은이들에게 '빨리 실패하라'고 끊임없이 권해요. 젊은 사람은 나이 든 사람보다 무엇이든 20배나 빨리 배워요. 실패 후 교훈을 배우고 바로잡을 수만 있다면, 빨리 실패하는 게 빨리 성장하는 지름길입니다." [16]

그렇다. 자녀의 스토리텔링에서 '실패'는 피해야 할 것이 아니라 적극 끌어안고 받아들여야 할 것이다. 실패 후 그것을 이겨내고 극복해내는 과정에서 아이는 껑충 자라게 된다. 부모는 자녀가 실패를 했을 때 그 실패를 재활용하는 아이로 키워야 하는 것이다.

우리나라 제1의 재보험회사 코리안리에는 독특한 기업 문화가 있

16)《조선일보》 2012년 3월 9일자 WeeklyBIZ.

다. '실패사례 발표대회'이다. 사원들이 이 대회를 통해 자신의 실패를 발표한다. 가장 솔직하게 실패사례를 공개하는 부서에 포상을 하고 실패에 대한 책임을 절대 묻지 않는다. 코리안리의 박종원 CEO는 '실패사례 발표대회'에 대해 이렇게 이야기한다.

"지나간 실패는 다가올 성공의 밑거름이지 질책이나 징계 대상은 아니죠. 대신 실패를 줄여나가기 위해 실패에서 배우는 '실패 재활용'을 최대한 실천해야 성공할 수 있죠." [17]

내 아이의 성장은 성공만 가지고 얻을 수 없는 것이다. 반드시 실패라는 재료가 들어가야 '성공'은 탄탄한 완성을 이루게 된다.

내 아이의 인생 포트폴리오에서 '실패'라는 단어가 나오는 것을 두려워해서는 안 된다. 실패가 단지 실패에 그치지 않고 새로운 도약이 될 수 있도록 만들어야 한다.

인터넷에서 교류의 혁명을 일으킨 페이스북도 실패의 산물이다. 마크 주커버그가 페이스북을 만든 이유는 간단하다. 여자친구에게 차이고, 인기도 없고, 인간관계에서 실패만 하는 자신을 한탄하며 온라인상에서 그것을 극복하기 위해 친구 맺기 사이트를 만든 것이다. 실패가 커다란 창조의 새로운 에너지가 된 것이다.

남극의 빙산에 비유해보자. 바다 윗부분에 나타난 빙산의 모습 같은 그 사람의 '스펙'이 아니라, 보이는 빙산보다 수십 배는 큰 바다 밑의 모습, 즉 도전·열정·실패·태도 같은 그 사람만이 쌓아온 울퉁

17) 《서울경제신문》 2011년 6월 3일자.

 스토리텔링에 강한 아이로 키워라

<u>불퉁한 인생 스토리가 중요한 것이다.</u>

수많은 직업을 거쳐 무명 개그맨으로 전전했지만 지금은 최고가 된 개그맨 김병만, 선화예술중학교에서 늦게 발레에 뛰어들었지만 노력 끝에 정상에 선 발레리나 강수진, 오라는 대학이 한 곳도 없어 축구를 그만둘 위기에 놓였던 박지성 등 실패를 통해 자신의 인생을 새롭게 스토리텔링한 수많은 사람들이 있다.

그렇다. 최고의 자리는 수십 번, 수백 번의 실패를 딛고 오른 자리이다. 실패도 내 아이의 인생에서 의미가 큰 일이라는 것을 잊지 말고 실패를 근사하게 극복하는 스토리를 가진 아이로 키워야 한다.

외국어고, 특목고,
이제 선행 학습이나
학원의 힘으로
입학은 불가능하다

부모들이 학원에 의존하게 되는 이유 중 하나가 '선행 학습'이라는 굴레에 빠져 있기 때문이다. 선행 학습을 하지 않으면 뒤처질 것만 같은 느낌, 선행 학습을 충분히 해두어야 성적이 올라갈 것 같은 정체불명의 불안감, 이것이 학부모들을 사로잡고 있다.

선행 학습은 도대체 왜 하는 걸까?

공부를 더 잘하도록 하기 위해서? 절대 아니다.

선행 학습이 대두되기 시작한 것은 특목고들이 본격적으로 등장하면서부터라고 해도 과언이 아니다. 1983년 당시 과학 입국이 강조되던 사회적 분위기에서 경기과학고가 설립된 이후 그 이듬해 경남, 광주, 대전으로 과학고 설립이 확산되었다. 사실 이때만 해도 선행학습은 그다지 부각되지 않았다. 진짜 과학과 수학에 재능과 능력을 가진 학생들을 선발했기 때문이다.

문제는 1992년부터 어학에 재능이 있는 학생을 고등학교 때부터 키운다는 명목 아래 설립된 외국어고등학교가 특목고로 지정되면서부터이다. 그러면서 특목고들은 ‘우리 학교가 제일 우수한 학교이다. 그러므로 학생도 더 우수한 학생을 선발하기 위해 노력한다.’라는 명목으로 중학생이 몰라도 될 고등학교 학습 내용을 입학생 선발 시험에 출제하기 시작했다.

그 광풍에 숨어서 키득키득 웃은 곳은 어디일까? 그렇다. 바로 학원이다.

학원들은 ‘특목고에 진학하려면 무조건 선행을 해야 한다.’는 주장을 내세우며 ‘우리는 2년을 선행한다’, ‘우리는 3년을 선행한다’고 선전해대기 시작했다. 상황 파악이 안 된 부모들은 특목고에 가려면 무조건 선행 학습을 해야 한다는 학원의 보이지 않는 압력에 맞장구를 쳐대었고 결국 학원의 배만 부르게 하는 결과를 초래했다.

거기다 자녀가 특목고에 진학할 실력이 되지 않거나 특목고 입학을 희망하지 않는 학부모들도 덩달아 “이웃집 철이는 2년이나 선행하고 있다더라.” 하며 내 자녀도 무작정 선행 학습에 동참시키는 결과를 낳고 만 것이다.

좋다. 그럴 수 있다고 치자. 실제로 특목고에서 선행 학습을 해야 맞힐 수 있는 문제를 그동안 내왔으니까.

하지만 이제는 다르지 않은가. 과학고와 외국어고에서는 이제 시험으로 학생을 평가하지 않는다. 앞에서도 이야기했듯이 2013년도부터 외국어고, 국제고뿐만 아니라 전국의 21개 과학고에서 실시되는 입학 전형은 '자기주도적 학습 전형'으로 100% 선발된다. 선행 학습이 필요 없다는 말이다.

그럼에도 학원은 '선행 학습'이라는 화두를 계속 부각시킬 수밖에 없다. 학원의 존재 여부, 즉 자본주의 아래서 최대 수익을 얻을 수 있는 키워드이므로 결코 포기하지 않을 것이다.

학원이 내 아이의 학력을 상승시키는 만사형통의 방법일까?

김회산 KDI연구위원은 〈왜 사교육보다 자기주도 학습이 중요한가〉[18]에서 사교육의 성적 향상 효과는 학부모의 기대와는 달리 미미하다는 연구 결과를 내놓았다. 그의 연구에 따르면 학년이 올라갈수록 사교육 시간 및 사교육비의 증가에 따른 성적 향상 효과는 더욱 줄어드는 것으로 나타났다. 또 설문과 자료 조사를 통해 사교육보다 자기주도 학습을 한 학생의 경우 수능 점수 향상 효과가 더 높은 것으로 분석해냈다. <u>수학 과목의 경우 고3 때 주당 사교육 시간이 한 시간 많을 때 수능 백분위가 평균 1.5 높았으나, 혼자 한 시간 더 공부하면 수능 백분위는 1.8~4.6까지 상승한 결과가 나타</u>

18) KDI정책포럼 제231호(2011-01), 2011. 3. 28.

 스토리텔링에 강한 아이로 키워라

났다. 그리고 이것은 초·중·고등학교 때뿐만 아니라 대학 이상에서도 같은 결과가 나타났다고 한다.

즉 사교육보다 자기주도 학습의 경험이 많을수록 대학 학점, 최종 학력, 취업 후 임금 같은 중장기적 성과도 우월하게 나타났다고 그는 밝히고 있다.

그렇다면 꼼꼼히 살펴보자. 사교육에 의존하는 것은 상위권 학생들이 더 심하겠는가, 아니면 하위권 학생들이 더 심하겠는가? 당연히 상위권 학생들이다. 상위권 학생들은 명문대 진학을 위해 더 많이 사교육에 의존하는 경향이 있다.

"그 학원을 다녔더니 성적이 많이 좋아졌어."라고 말하는 학부모들도 있다. 그러나 냉정히 살펴보면 그 학생들은 사교육을 받지 않고 자기주도적 학습을 했을 경우에도 그만큼 성적이 올랐을 가능성이 높다. 즉 학원의 힘만은 아니라는 것이다.

학원의 힘에만 전적으로 의존해서는 결코 자기주도적 학습 능력을 기를 수 없다. 김희삼 연구원의 조사 결과처럼 학원은 내 아이의 학습을 좀 더 효율적으로 하기 위해 이용해야 할 대상이다.

이제 선행 학습이라는 명목으로 아이를 무작정 학원 앞에 내려주고, 수업이 끝나면 실어오는 헬리콥터 엄마가 되어서는 안 될 것이다. 당신은 학원의 배를 불려주는 자선사업가가 아니다. 자녀 교육을 위해 진짜 공부를 시킬 수 있는 현명한 부모의 자리를 지켜야 한다.

스토리텔링을 갖춘 아이가 미래 경쟁력이 있는 아이다

싱가포르는 작은 나라이다. 말레이시아 밑에 있는 조그만 섬나라인 싱가포르는 인구가 400만 명이 조금 넘으며 서울의 약 66%에 해당하는 면적을 가진 나라이다. 그럼에도 불구하고 수많은 관광객으로 넘치고, 높은 1인당 국민소득을 유지하고 있는 선진국이다. 영국의 식민지였던 싱가포르가 그렇게 성장하게 된 이유는 리콴유의 강력한 정책 및 수상 교통의 요지인 지리적 특성 등 여러 가지가 있다.

그런데 내가 보고 느낀 싱가포르는 '스토리텔링'의 도시였다. 도시와 관광지가 모두 스토리에 의해 움직인다는 느낌을 강하게 받았고, 그것이 싱가포르 성장의 원인이라는 생각이 들었다.

싱가포르를 방문한 관광객들이 꼭 사진을 찍는 장소가 있다. 바로 멀라이언(Merlion)상 앞이다. 싱가포르 관광청은 1964년 '사자의 도시'라는 이름에 얽힌 전설과 항구도시로서의 정체성을 결합해 사자의 머리와 물고기의 몸을 합한 멀라이언상을 만들었다. 멀라이언이라는 동물은 존재하지 않지만 고대 이야기를 접목해 캐릭터와 이야기를 만들어냈다.

14세기경 수마트라의 왕자가 싱가포르를 방문했을 때 호랑이를 사자로 오인하면서 '싱가푸라' 즉 산스크리스트어로 '사자의 도시'라 부르게 되었다는 전설과, 싱가포르가 고대 어촌 부락이었음을 상징하는 물고기로 이야기를 만들어낸 것이다. 인어라는 뜻의 'Mermaid'와 사자 'Lion'의 합성어로 상반신은 사자, 하반신은 물고기 모양을 한 캐릭터를 만들어낸 것이다.

멀라이언상 앞은 지금 기념 촬영을 하려는 여행자들의 발길이 끊이지 않고 있으며, 싱가포르를 대표하는 '스토리'가 되어 수많은 외화를 벌어들이고 있다. 싱가포르 관광청에서 디자인하고 만들어낸 이야기에 불과하지만 멀라이언을 하나의 '스토리'로 만들었고, 싱가포르의 '스토리텔링'으로 키워낸 것이다.

이제 국가도, 기업도, 그리고 개인도 완벽하게 스토리텔링의 시대가 되었다. 물론 교육에서도 예외가 아니다. 외국에서는 이미 오래되었고 우리나라 역시 스토리텔링 능력 없이는 경쟁력이 없는 시대가 되었다.

교육에서의 스토리텔링이 왜 아이의 미래 경쟁력 척도가 되는지 살펴보자.

스토리텔링은 인물과 사건, 배경이 잘 결합한 이야기를 만들어내는 데에 그쳐서는 안 된다. 그 이야기에다 상상력, 감정, 감동을 곁들여 자신만의 언어로 팔딱팔딱 뛰는 물고기처럼 생동감 있게 표현하는 것이 바로 스토리텔링이다.

하버드대의 인지심리학 교수이자 다중지능이론에 관한 연구로 맥아더 상을 받은 하워드 가드너(Howard Gardner)가 이것을 한마디로 명료하게 말하고 있다.

"모든 위대한 지도자는 위대한 이야기꾼이기도 하다."

자녀를 리더로 키우고 싶다면 스토리텔링은 필수과목인 것이다.

미국 초등학교에 눈여겨볼 만한 라이팅 숙제가 있다. 미국에서는 초등학생들에게 창의적인 글쓰기를 시킨다. 일주일 동안 학교에서 배운 단어를 가지고 글쓰기를 하도록 하는 것이다.

과제를 받으면 아이들은 각 단어를 가지고 창의적인 생각을 하게 된다. 단어와 단어 사이의 연관성, 자신의 경험에서 있었던 일, 텔레비전에서 본 일, 동화책에서 읽은 일 등 모든 것을 상상하면서 자신만의 스토리를 구축하고 써나가게 되는 것이다. 이것은 창의적인 글쓰기, 자기표현 능력을 길러주는 토대가 된다. 에세이를 잘 쓰지 못하면 대학에 입학하기 힘든 미국의 입시 제도는 초등학교 시절부터 길러온 이런 힘에 기저를 두고 있다.

다음 단어 중에서 20단어를 사용하여 자신만의 스토리를 적어 오시오.

about (~에 관하여)	across (~를 가로질러)	band (끈/악단)	bank (은행)
camp (야영지)	captain (우두머리)	deep (깊은)	early (일찍)
empty (텅빈)	end (끝)	farm (농장)	famous (유명한)
fast (빠른)	glad (기쁜)	happen (발생하다)	idea (생각)
interest (흥미)	introduce (소개하다)	jungle (밀림지대)	keep (지키다/견디다)
knock (두드리다)	lamp (등불)	lead (인도하다)	mad (미친)
march (행진/3월)	matter (문제)	narrow (좁은)	often (흔히/종종)
paint (칠하다)	pair (짝)	question (질문)	quick (빠른)
record (기록하다)	same (같은)	telephone (전화기)	umbrella (우산)
until (~까지)	vilage (마을)	warm (따뜻한)	waste (낭비하다)
yet (아직)	zero (영[0])		

미국의 교육은 그야말로 스토리텔링형 인간을 만드는 교육이라고 할 수 있다. 요즘 주목받고 있는 핀란드 교육과 유럽 선진국들의 교육도 꽤를 같이한다. 우리나라 교육의 커다란 흐름도 그렇게 바뀌고 있다고 앞에서 설명한 바 있다.

입학사정관제에서는 제출해야 하는 주요 평가 서류가 있다. 자기소개서(학습계획서), 학교생활기록부, 그리고 포트폴리오이다. 입학사정관제에서는 자기소개서의 역할이 매우 중요하다. 자기소개서를 통해 얼마나 자신을 솔직하게 표현하고, 자신이 겪어온 과정, 준비해온 과정을 잘 나타내는가가 합격의 여부를 결정한다. 성장과정, 지원 동기와 그를 뒷받침하는 노력, 향후 학습과 진로 계획,

자기주도적 학습 경험과 교내외 활동, 실패와 역경을 이겨낸 과정 등이 자기소개서에 잘 나타나 있어야 한다. 이것은 소위 '글빨'로 이겨낼 수 있는 문제가 아니다.

대한민국 1위 기업 삼성그룹에서도 입사 지원자들을 면접할 때 몇 해 전부터 새로운 기준을 하나 설정하였다. '30cm 내의 사람은 선발하지 않는다.'는 것이다.

이것은 무엇을 뜻하는가? 사람의 눈과 책 사이가 바로 30cm 이내이다. 오로지 공부만 해서 지식만 많이 쌓은 사람은 그들이 찾는 인재상이 아니라는 것이다.

스펙은 점수를 평가 기준으로 삼지만 스토리텔링은 인간을 평가 기준으로 삼는다. 즉 그 사람이 가지고 있는 스토리, 그 사람의 경험, 그 사람이 실패를 이겨낸 역경 지수, 그로 인해 앞으로 기대되는 그 사람의 역량 등이 한데 버무려져 평가를 받는다.

그러므로 내 아이의 미래 경쟁력을 갖추려면 이런 스토리텔링 능력을 필히 갖추어야 한다. 특목고와 원하는 대학 입학, 기업이나 사회에서 남들이 갖지 못한 자신만의 필살기 능력을 갖춘 미래 인재로 키우고 싶다면 자녀를 스토리텔링형 인재로 만들기에 올인하라.

학습 방법에도
스토리 공부법이 필요하다

매년 재미있는 대회가 열린다. '세계기억력선수권대회(World Memory Championships)'가 그것이다. 참가자에게 주어지는 암기 과제들은 상상을 초월한다.

무작위 숫자 수백 개를 듣고 순서대로 기억하기, 뒤죽박죽 늘어놓은 플레잉 카드 52장의 위치 기억하기 등 일반인들은 엄두도 못 낼 과제들을 수행한다. 2011년에는 중국인 왕 펑이 플레잉 카드 52장을 24초 만에 기억해내는 놀라운 실력을 보여주었다.

지난 1991년, 마인드맵 등 각종 기억법 개발로 세계적 명성을 얻은 토니 부잔 씨의 아이디어로 시작된 이 대회의 우승자들은 하나같이 이야기한다.

"기억력은 선천적인 것이 아니라 훈련과 방법에 의해 향상된다."

학습에서는 기억이 아주 중요한 역할을 한다. 흔히 말하는 암기다. 기존의 암기법에서는 많이 중얼거리거나 많이 쓰면 잘 외워진다고 했다. 맞는 말이다.

하지만 그것에 그쳐서는 안 된다. 좀 더 효과적인 기억법이 필요하다. 작은 시간을 들여 더 많이 기억할 수 있는 것은 어쩌면 모든 사람의 희망 사항일 것이다.

잊어버리지 않고, 오랜 동안 기억에 남겨두는 암기법, 이런 효과적인 기억법은 없을까?

바로 스토리 공부법이다. 개념, 단어, 핵심 용어 같은 것을 스토리 암기를 통해 도식화하는 습관을 들이는 것이 중요하다. 브레인스토밍 기법, 마인드맵 형식, 그림 이미지화 기법 등 여러 가지 방법이 있다.

이 방법들을 상황에 맞게 자신에 맞게 정리하고 실전에 적용하도록 만들어주는 것이 중요하다. 그럴 때 기억의 파지가 오래가서 암기를 하지 못해 고생하는 악순환에서 벗어날 수 있다.

세계기억력선수권대회에서 우승한 사람들도 대부분 자신만의 암기법을 가지고 있었으며 그것을 꾸준히 훈련해 실력을 키웠다. 내 아이도 몇 가지 방법을 통해 기억력의 달인으로 거듭날 수 있다.

몇 가지 구체적인 방법을 제시해보겠다.

창의적인 문장 만들기 방법

암기해야 할 내용을 자신만의 문장으로 만들어 외우는 방법이다.

행성이 태양으로부터 가까운 순서는 다음과 같다. 수성, 금성, 지구, 화성, 목성, 토성, 천왕성, 해왕성, 명왕성이다. 이 순서를 그냥 암기하기는 참 쉽지 않다. 이럴 때는 먼저 첫 글자만 쭉 나열해보자. 수, 금, 지, 화, 목, 토, 천, 해, 명이 된다. 그것을 가지고 자신만의 문장을 만들어보자.

"수금하는 지여사가 화, 목, 토요일에 천 원씩 해오라고 명령했다." 이처럼 자신만의 창의적인 문장으로 외우면 절대 잊어버리지 않고 기억의 바구니에 깊숙이 담기게 된다.

덩어리 짓기

덩어리 짓기 기법은 전문적인 용어로는 청킹(덩이 짓기)이라고 한다. 주어진 것을 의미 있는 단위로 묶어내는 것이다.

ABCNHKWHONASAPDF

이것을 순서대로 외우기는 쉽지 않다. 단어 그룹으로 만들어 외워보자.

알파벳 순서 A B C, 일본 방송국 N H K, 세계보건기구 W H O, 미 항공우주국 N A S A, 파일 형식 P D F, 이런 식으로 의미를 두고 덩어리 짓기를 하면 잊어버리지 않고 기억할 수 있다.

줄임말로 단어 첫 글자 따기

미국에는 5대 호수가 있다. 직접 가보지 않고, 자주 접하지 않은 곳이라면 암기하기가 쉽지 않다. 그럴 경우에는 <u>단어의 첫 글자를 따서 줄임말로 기억하면 쉽다.</u>

미국의 5대 호수는 휴런(huron) 호, 온타리오(ontario) 호, 미시간(michigan) 호, 에리(erie) 호, 슈페리어(superior) 호이다. 이 경우 단어의 첫 음만 따면 홈즈(homes)가 된다. [19]

스토리 만들기 암기법

과학 시간에 학생들이 가장 헛갈려 하는 것 중의 하나가 별자리 외우기이다. <u>이때 스토리를 만들어서 암기해보면 잘 외워진다.</u>

봄철 별자리에는 처녀자리, 목동자리, 사자자리가 있다.

→ 목동은 어느 봄날 사자에게 쫓기고 있던 처녀를 구해주고 사랑을 얻는다.

여름철 별자리에는 독수리자리, 거문고자리, 백조자리가 있다.

→ 견우직녀 이야기는 음력 7월 7일 여름이 배경이다. 직녀가 거문고를 켜고 있을 때 견우가 독수리를 타고 늠름하게 날아온다. 둘이 만나면 곧 우아한 백조가 날아와 그 둘을 태우고 간다. [20]

이런 식으로 스토리를 만들면 단어가 아니라 하나의 전체적인 이미

---

19) 바비 드포터·마이크 허나키, 앞의 책.

20) 이병훈, 『시험 잘 보는 공부법은 따로 있다』, 한겨레 에듀, 2009.

지로 기억된다. 그래서 한 번 스토리로 암기하면 절대 잊어버리지 않게 된다.

그림 이미지 떠올려 이야기 만들기

어떤 단어가 있을 때 기억하기 쉬운 사물들을 <u>그림 이미지로 떠올리고 단어를 연결해 그럴듯한 이야기로 만드는 방법</u>이다.

ONE은 SUN(태양)이 되고, TWO는 SHOE(구두), THREE는 TREE(나무), FOUR는 DOOR(문), FIVE는 HIVE(벌집), SIX는 STICKS(나뭇가지), SEVEN은 HEAVEN(하늘), EIGHT는 GATE(문), NINE은 MINE(내 것), 그리고 TEN은 HEN(암닭)으로 짝지어 쉽게 암기할 수 있다. [21]

장소 기억법

<u>자신에게 익숙한 장소나 길을 떠올려서 거기에 단어를 연관시켜 상상하는 방법이다.</u> 자신이 지나다니는 길이나 장소는 장기 기억 속에 남아 있기에 이미지가 불변하고 고정되어 있다. 세계청소년기억력대회에서 네 차례나 우승한 기억력 챔피언 크리스티아네 슈탱거가 강력 추천하는 암기법이다.

자신의 집 안을 상상해보자. 문, 거실 문, 신발장, 복도, 부엌, 식탁, 싱크대, 어항, 소파 등 보이는 순서대로 기억을 해둔다. 외워야 할

---

21) 고든 드라이든 · 재닛 보스, 『학습혁명』, 김재영 외 옮김, 해냄, 1999.

것이 '빵, 할머니, 돈'이라면, 빵을 먹으면서 문으로 들어가니 할머니가 거실 문에서 나를 반기고 신발장 앞에서 돈을 주었다는 식으로 상상하는 것이다. 그렇게 하면 굳이 단어나 열거 순서를 외우지 않아도 쉽게 외워지고 잊어버리지 않는다. 학교에서 집으로 돌아오는 거리도 기억의 한 방법으로 이용하면 좋다.

　이런 방법들은 그냥 습득되는 것이 아니다. 여기 제시된 '스토리 공부법' 중에서 자신에게 맞는 방법, 상황에 맞는 방법을 연습해야만 더 효율적으로 암기를 잘할 수 있게 변신할 것이다.
　혹시 아는가? 파이(원주율)의 소수점 뒷자리를 거꾸로 외우고 바로 외우는 암기 천재로 대변신해 세계기억력대회에 출전하게 될지 말이다.

 스토리텔링에 강한 아이로 키워라

초등학생, 중학생 때부터 스토리텔링의 디딤돌을 쌓아가라

디딤돌 1단계: 아이의 적성, 인성, 장단점을 파악하라

디딤돌 2단계: 아이가 마에스트로를 갖게 하라

디딤돌 3단계: 체험 학습 포트폴리오를 함께 준비하라

디딤돌 4단계: 봉사 활동으로 스토리를 만들어라

디딤돌 5단계: 자신을 표현하는 라이팅 파워를 키워라

디딤돌 6단계: 리더십 기르기에 도전하여 스토리텔링을 완성하라

S T O R Y T E L L I N G

스토리텔링에 강한 아이로 만드는 것은 엄마의 힘이다

초등학생, 중학생 때부터
스토리텔링의 디딤돌을 쌓아가라

이제 내 아이의 스토리텔링 능력을 기르는 것이 얼마나 중요한지 뼈 속 깊이 실감했을 것이다. 아직도 '고등학교 때부터 준비하면 되지 않겠어?'라고 생각한다면 이미 교육의 시대적 흐름에 한 걸음 뒤처진 부모, 자녀의 미래를 준비하는 데 소홀한 부모로 낙인찍힐지 모른다. 초등학교 때, 늦어도 중학교 1, 2학년 때에는 스토리텔링형 아이로의 출발선에 서서 앞으로 나아가기 시작해야 한다.

스토리텔링형으로 키우기 위해서는 이르면 이를수록 좋다. 아이가 초등학교 3, 4학년일 때부터 시작하면 적당하다. 그러나 이 시기에는 아이의 노력보다는 부모의 노력이 더 필요한 것이 사실이다.

3, 4학년의 아이가 뒤에 제시될 '스토리텔링 디딤돌'을 스스로 쌓아나가기는 어렵다. 즉 이 시기 아이들을 스토리텔링형으로 키우기 위해서는 부모의 의식적인 노력과 지원이 필요하다.

초등학교 5, 6학년부터는 단계적이고 체계적으로 스토리텔링형으로 키우기 위한 출발을 해야 한다. 그리고 중학교 단계에서는 좀 더 명확한 스토리텔링형 아이로서의 기반을 마련해야 한다.

그 근거는 5학년 정도부터는 자신의 미래에 대한 고민이 시작되는 시기이기 때문이다. 초등교육 현장에서 15년간 아이들을 만나온 경험과 초등교육 현장의 선생님들이 보고 느끼고 이구동성으로 이야기하는 것에 비추어볼 때 5학년이 되면 아이들은 급격한 신체적, 정신적 변화를 겪고 자아에 대해 진지한 고민을 시작한다.

4학년까지는 아이들이 자신을 객관적으로 보기가 힘들고, 미래에 대한 진지한 고민도 하기 어렵다. 그래서 꿈이 한 달에 한 번씩 바뀌기도 하고(꿈이라기보다는 희망 사항이라고 하는 것이 정확한 표현일 것이다), '스토리텔링 디딤돌'을 스스로 수행해나가고 일상화하기에는 힘에 부치기도 할 것이다. 그러나 뒤에 제시될 6단계를 부분별로 부모가 제시해주고 교육해주는 의식적인 노력이 더해진다면 초등학교 저학년이라도 충분히 가능하다. (자녀의 지적 수준, 성취 수준의 정도가 높다면 딱 어느 학년이라고 정해둘 필요는 없다.)

중학생이 되었다고 해서 '너무 늦은 것은 아닌가?'라는 생각을 할 필요는 없다. 중학생이라고 결코 늦은 것은 아니다. 이 시기에는 자신에 대한 자아 성취와 기대 수준이 높기에 습득 속도가 빠르고 실행력이 더 높아지기 때문이다. 물론 가장 좋은 것은 초등학교 때부터 스토리텔링 디딤돌에 익숙해져 생활화하는 것이긴 하지만 말이다.

자녀 교육에 있어서 과연 나는 어떤 방식으로 진로지도를 하고 있는지 돌아볼 필요가 있다. 대부분은 잘못된 지도를 하고 있다고 해도 과언이 아니다. 대체로 다음과 같다.

이런 대학을 가야 한다(목표) → 그러므로 이런 학원에 다니고 이렇게 공부해야 한다(학습 전략 수립과 실천) → 내 아이는 잘할 수 있을 것이다(자식에 대한 심층 이해)

그러나 이것은 잘못되어도 한참 잘못된 진로 지도이다. 이와 반대로 되어야 올바른 방법이다.

내 아이는 이런 적성과 흥미를 가지고 있다(자식에 대한 심층 이해) → 그러므로 이런 방식으로 공부하고 이런 학원에 다니면 도움이 된다(학습 전략 수립과 실천) → 학습이 원활하게 이루어지면 내 아이의 적성과 인성에 맞는 이런 대학을 목표로 하면 된다(목표)

전자와 후자는 같은 고민을 하지만 선과 후과 확연하게 다르고, 이것은 아이의 미래를 송두리째 바꿀 수도 있다.

<u>스토리텔링에 강한 아이로 키우는 것은 올바른 진로지도와 밀접한 관계를 갖는다.</u> 필자가 제시하는 '스토리텔링 디딤돌'의 장점은 스토리텔링형 아이로 키우는 것에 그치지 않는다. 특목고 입시, 대학 입시에서 입학사정관제를 준비하는 데 가장 큰 무기가 되어준다. 즉 '스토리텔링 디딤돌'은 입학사정관제 대비법과 일맥상통하면서 아이를 스토리텔링형 인간으로 만들어주는 장점을 가지고 있다.

지금부터 제시하는 '스토리텔링 디딤돌'을 면밀하게 살피고 잘 실천하기 바란다. 디딤돌 1단계와 2단계는 순서대로 먼저 실시하는 것이 좋다. 나머지 3~6단계는 순서를 꼭 지킬 필요는 없다. 서로 함께 이루어질 수도 있고, 앞서거니 뒤서거니 하면서 실시해도 되는 단계이다.

아이의 적성, 인성, 장단점을 파악하라

1979년 하버드대 경영대학원에서는 졸업생들을 대상으로 특이한 설문 조사를 했다.

"장래 목표를 설정했는가? 목표를 기록했는가? 그 목표를 성취하기 위해 계획을 세웠는가?"

이 질문에 대한 답의 차이를 추적해보니 놀랄 만한 결과가 나왔다. 졸업생의 84%(A그룹)는 목표를 설정하지 않았다고 답했다. 13%(B그룹)는 목표가 있었다. 그러나 그것을 기록하거나 문서화하지 않았다. 3%(C그룹)만은 목표를 설정했고, 기록해서 문서로 가지고 있었다.

설문 조사 후 정확하게 10년 뒤인 1989년에 설문에 응했던 졸업생들의 소득을 조사해보았다. 그랬더니 놀랄 만한 사실을 알 수 있었다.

B그룹은 A그룹보다 소득이 2배 이상 많았다. 그리고 C그룹은 A그룹과 B그룹의 평균 소득보다 10배 이상 소득이 많았다. 같은 학교를 다닌 비슷한 수준의 학생들이었지만 목표를 명확하게 세운 사람과 그렇지 않은 사람의 차이는 엄청나다는 결과를 보여준 실험이었다.

나는 이 실험 결과를 보면서 목표를 세우느냐 세우지 않느냐에 중점을 두기보다는 다른 데에 의미 부여를 했다. '목표를 세우는 사람은 어떤 사람인가?' 하는 것이다.

목표는 어떤 상태에서 생겨나는 것일까? 목표 설정에 있어서 가장 선행되어야 할 것은 바로 자신을 객관적인 시각으로 바라볼 수 있어야 하고, 자신이 좋아하고 열정을 쏟아부을 분야가 어떤 것인가를 아는 것이다.

그런데 초등학생, 중학생이 그것을 스스로 깨닫기는 결코 녹록지 않다. 좋아하는 것과 재능이 있는 것을 학생 스스로 구분해낸다는 것은 참으로 어려운 일이다.

그러나 자기 자신을 알아가는 것, 자신을 발견하는 것, 이것이야말로 교육의 첫걸음이며 자아실현의 주춧돌이 될 만큼 중요하다. 아이의 인성, 적성, 장단점을 아는 것이야말로 교육의 출발점, 진학의 출발점, 미래로 나아가는 출발점이자 표지판이라고 할 수 있다.

"나는 누구인가?"

이 질문과 대답에서 아이의 교육은 시작되는 것이다. 어떤 생각을 하고 있는지, 사물과 환경을 어떻게 이해하는지, 행동 방식은 어떤지, 흥밋거리와 특성·적성이 무엇인지 살펴보는 것은 스토리텔링을 갖춘 아이가 되기 위한 기본 출발점이라고 할 수 있다.

초등학생이나 중학생이 이런 것을 스스로 개척하기는 힘든 만큼 부모가 전문적인 검사를 통해 이것들을 측정하고 제시해주는 것이 중요하다. 무슨 일이든 시행착오를 겪는 것을 좋아할 사람이 누가 있겠는가.

시행착오가 훗날 더 나은 결과를 가져올지도 모르지만 교육에 있어서는 시행착오를 줄이는 것이 최선이다. 아이의 인성, 적성, 학습 능력에 대한 검사는 그래서 필요한 것이다.

스토리텔링형으로 키우려면 아이의 인성, 적성, 학습 능력의 장단점을 조기에 파악하여 장점은 살려주고 단점은 보완하는 것이 어떤 일보다 중요하다. 이를 알아보기 위해서는 간단한 검사를 실시해보면 된다. 이런 검사들은 인터넷에 무료로 제공되어 있으므로 손쉽게 해볼 수 있다.

나에게는 어떤 직업이 적합할까요?

나의 적성을 알아봅시다

다음은 여러분이 어떠한 활동에 소질이 있는지 알아보기 위한 검사지입니다.

▶ '전혀 그렇지 않다'면 첫째 ○칸에 표시

▶ '별로 그렇지 않다'면 둘째 △칸에 표시

▶ '대체로 그렇다'면 셋째 □칸에 표시

▶ '매우 그렇다'면 넷째 ☆칸에 표시합니다.

영 역	문 항	전혀 그렇지 않다 ○	별로 그렇지 않다 △	대체로 그렇다 □	매우 그렇다 ☆
신 체 · 운 동 능 력	1. 나는 운동장 두 바퀴를 중간에 멈추지 않고 달릴 수 있다.				
	2. 나는 선생님이 처음으로 시범 보이는 동작을 잘 따라할 수 있나.				
	3. 나는 피구를 할 때 아주 빠르게 던지는 공을 피할 수 있다.				
공 간 · 시 각 능 력	4. 나는 짧은 시간 안에 사물의 특징이 잘 나타나게 그릴 수 있다.				
	5. 나는 종이접기나 로봇조립을 할 때 그림으로 된 설명서를 잘 이해한다.				
	6. 나는 가구나 물건을 옮겨서 보기 좋고 편리하게 배치할 수 있다.				
음 악 능 력	7. 나는 처음 듣는 노래도 음의 높낮이와 장단에 맞게 따라 부를 수 있다.				
	8. 나는 악기로 간단한 곡을 잘 연주할 수 있다.				
	9. 나는 음악에 푹 빠져서 감상할 수 있다.				

 스토리텔링에 강한 아이로 키워라

영 역	문 항	전혀 그렇지 않다 ○	별로 그렇지 않다 △	대체로 그렇다 □	매우 그렇다 ☆
언어능력	10. 나는 글을 통해서 나의 느낌이나 주장을 잘 표현할 수 있다.				
	11. 나는 글을 읽거나 다른 사람의 말을 들을 때 중심 내용을 잘 이해할 수 있다.				
	12. 나는 나의 의견이나 기분을 상대방에게 말로 잘 전달할 수 있다.				
수리·논리력	13. 나는 여러 가지 사실들로부터 일반적인 결론을 끌어낼 수 있다.				
	14. 나는 수학 문제를 잘 파악하고 다양한 방법으로 답을 구할 수 있다.				
	15. 나는 복잡한 계산도 정확하게 할 수 있다.				
자기성찰능력	16. 나는 쉽게 화를 내지 않으며 화가 나더라도 잘 누그러뜨릴 수 있다.				
	17. 나는 잘못된 일에 대해서 내 책임을 인정하는 편이다.				
	18. 나는 목표를 세우고 이를 이루는 방법에 대해 계획을 세워 실천할 수 있다.				
대인관계능력	19. 나는 친구의 어려운 사정을 들으면 마음이 아프다.				
	20. 나는 처음 만나는 사람과도 금방 편하게 이야기 할 수 있다.				
	21. 나는 한 번 사귄 친구와 오랫동안 친구로 지낸다.				
자연친화력	22. 나는 평소에 동물에 관한 프로그램이나 글을 관심 있게 본다.				
	23. 나는 식물을 잘 보살피며 내가 돌보는 식물은 잘 자라는 편이다.				
	24. 나는 환경보호를 위하여 일상생활에서 실천하고 있다.(예: 분리수거, 일회용품 덜 쓰기)				

※ 출처: 「신나라 공부나라」, 부산시교육청, 2009.

"☆를 많이 받을수록 그 영역의 적성이 높다는 것을 의미하고 ○를 많이 받을수록 보충할 필요가 있는 적성영역을 의미합니다."

▶ 각 적성영역의 의미를 알아보고 내가 잘하는 적성영역과 비교적 부족한 적성영역은 무엇인지 생각해봅시다.

적성영역	핵심 요소	관련 직업
언어능력	말과 글로써 자신의 생각과 감정을 표현하며 다른 사람의 말과 글을 잘 이해할 수 있는 능력	법률가, 웅변가, 작가, 시인
수리·논리력	논리적으로 사고하여 문제를 해결하는 능력	수학자, 논리학자, 과학자
음악능력	노래를 부르고 악기를 연주하며 음악을 감상할 수 있는 능력	작곡가, 연주가, 성악가
신체·운동능력	기초 체력을 바탕으로 효율적으로 몸을 움직이고 동작을 학습할 수 있는 능력	무용가, 배우, 운동선수, 기능공, 외과의사, 연구자, 과학자, 기술자
공간·시각능력	머릿속으로 그림을 그리며 생각할 수 있는 능력	조각가, 외과의사, 체스선수, 그래픽디자이너, 건축가
대인관계능력	다른 사람들과 더불어 살아가는 능력	판매원, 교사, 임상가, 종교 및 정치지도자
자기성찰능력	자신의 생각과 감정을 알며 자신을 돌아보고 감정을 조질할 수 있는 능력	간호사, 특수학교교사, 레크리에이션 지도자
자연친화력	인간과 자연이 서로 연관되어 있음을 이해하며 자연에 대하여 관심을 가지고 탐구하고 보호할 수 있는 능력	환경학자, 조류학자

※ 출처: 「신나라 공부나라」, 부산시교육청, 2009.

그러나 사실 이런 간단한 검사만으로 아이의 모든 부분을 측정하기에는 무리가 따른다. 그래서 전문적인 검사를 받아볼 것을 권한다. 예전에는 오프라인에서 질문지 형식으로 직접 조사하는 검사들이 대부분이라 시간과 경비가 부담이 되었지만 요즘은 온라인을 통해서도 적은 비용으로 시간을 많이 투자하지 않고 해볼 수 있다. (비용은 검사마다 차이가 있지만 대부분 1,5000원에서 40,000원 수준이다. 사설 연구소에서 하는 검사들은 분석이 좀 더 세밀하며 비용이 제법 들어가기도 한다.)

모든 검사를 다 해볼 필요는 없지만 내 아이에게 필요한 검사를 잘 선택하여 반드시 해볼 것을 권한다.

대표적인 검사들을 살펴보자.

적성검사

검사명	대상
CTI 진로사고검사	고등학생, 대학생, 성인
KMDAT 적성검사	중·고등학생
KMAS 다면적능력검사(지능+적성)	중·고등학생
홀랜드 진로발달검사	초4학년 ~ 중1학년
홀랜드 진로탐색검사II	중1학년 ~ 고2학년
홀랜드 적성탐색검사	고3학년 ~ 대학/일반
홀랜드 전공탐색검사	고등학생

인성검사

검사명	대상
KPRC 한국아동인성평정척도	3세 ~ 7세
다요인 인성검사 II (16PF)	중1학년 ~ 대학/일반
네오(아동/청소년/성인) 성격검사	초등3학년 ~ 대학/일반
AMHI 정신건강검사	초등4학년 ~ 고등학생
자아가치관검사	중1학년 ~ 대학/일반
K-CAT(Children Apperception Test) 아동용 회화통각검사	4 ~12세
K-MFFT 아동 충동성검사	만 7세 ~ 만 12세
Rorschach Psychodiagnostic Test Plates	중1학년 ~ 대학/일반
SCT 문장완성검사 (아동용, 청소년용, 성인용)	초등학생 ~ 대학/일반

지능검사

검사명	대상
Raven (K-CPM, K-SPM) 지능발달검사	만 3세 ~ 6세 / 초등 ~ 중등
K-WAIS 웩슬러 성인용지능검사 (Korean WechslerAdult Intelligence Scale)	만 16세 이상
KMIS 다중지능검사	초등2학년 ~ 고등학생

성격유형검사

검사명	대상
EPDI 에니어그램 성격유형검사	초등4학년 ~ 대학/일반
SSI 학생유형검사 (Student Stives Iventory)	초등2학년 ~ 고등학생

 스토리텔링에 강한 아이로 키워라

학습지도검사

검사명	대상
학습흥미검사	초등4학년 ~ 고등학생
MLST 학습전략검사	초등4학년 ~ 대학/일반

창의성검사

검사명	대상
창의성검사	초등4학년 ~ 초등6학년

무료나 최저 비용으로 이런 검사들을 할 수 있는 사이트들도 안내한다.

무료로 자신의 적성을 검사할 수 있는 사이트

▶ 커리어넷 (http://www.career.go.kr)

▶ 서울진로진학정보센터 (www.jinhak.or.kr)

세상에 있는 직업과 어떤 직업을 가지면 좋을지 알아볼 수 있는 사이트

▶ 한국직업정보시스템 (http://know.work.go.kr)

놀라운 것은 이런 검사를 하고 나면 이구동성으로 하는 이야기가 있다.

"내 아이가 이런 면을 가지고 있는 줄은 전혀 몰랐어요."

내 아이니까 모든 걸 알 것 같지만 아이에게는 부모가 느끼지 못하는 부분, 부모가 전혀 생각지 못했던 특성이 많이 존재한다. 아이에게는 다중 지능이 있는데 그중에는 강점 지능이 있는 반면에 약점 지능도 있다. 아이의 강점 지능을 자극해서 5,000~10,000시간을

투자할 수 있도록 여건을 마련해주는 것 또한 부모가 해야 할 가장 중요한 일 가운데 하나이다.

<u>스토리텔링에 강한 아이로 키우는 출발점으로 내 아이의 인성, 적성, 학습 능력과 장단점, 직업적성 등을 면밀히 파악하는 1단계를 잘 수행해내기를 강력 추천한다.</u>

자녀에 대해 제대로 알고 있는 부모는 드물다. 내 아이가 김연아인데 외국어고등학교에 입학시키려고 노력하고 있지는 않은가? 내 아이는 조수미인데 수학경시대회에서 수상하게 하려고 골머리 앓고 있지는 않은가? 내 아이는 아인슈타인인데 발레만 시키고 있지는 않은가?

앞에서도 언급했듯이 자신을 바로 바라볼 줄 아는 것, 자신이 진정으로 원하고 갈망하는 것이 무엇인지 아는 것, 자신의 강점과 약점을 정확하고 객관적으로 파악하는 것은 스토리텔링형 인간이 되는 기본 사항이다. 이 책에서 제시된 검사나 또는 다른 방법을 통해서라도 이러한 것을 갖추도록 안내자 역할을 해야 한다.

아이가 마에스트로를
갖게 하라

멘토라는 말이 대유행이다. 여기저기서 멘토를 가지고 있어야 한다는 말이 들려온다. 멘토가 현대사회에서 얼마나 중요한지를 보여주는 반증이기도 하다.

멘토란 무엇일까?

멘토란 옛날 트로이전쟁 때 그리스 연합국에 소속돼 있던 이카타 국가의 왕인 오디세우스가 전쟁에 나가면서 자신의 어린 아들을 친구에게 맡긴 데서부터 시작되었다. 정신적 지주, 또는 자신에게 있어서 그 어느 스승과도 비교할 수 없을 만큼 훌륭한 선생을 뜻한다.

초등학생, 중학생에게도 멘토가 필요할까? 스토리텔링형 인간이 되기 위한 두 번째 단계로 나는 자신의 마에스트로를 가지라고 역설한다.

마에스트로는 교향악단이나 오페라를 지휘하는 대지휘자를 말한다. 전체 교향악단을 조율하는 최고의 전문가로서 거장의 반열에 오른 사람을 '마에스트로'라고 부르며 경의를 표한다.

자신이 가장 존경하는 마에스트로를 정해서 그 사람을 면밀히 조사하고 그 사람과 닮기 위해 목표, 노력, 행동하는 것을 스토리텔링형 인간이 되기 위한 2단계 디딤돌로 삼아야 한다.

앞의 인성, 적성, 학습 능력 등의 면밀한 검사를 통해서 자신이 좋아하는 것과 흥미 있는 분야를 알게 되었다면 그다음으로 자신의 마에스트로를 정하는 것이다.

만일 기업의 CEO를 꿈꾸는 사람은 빌게이츠, 워런 버핏, 스포츠 스타를 꿈꾸는 사람이라면 베컴, 박지성, 이승엽, 김연아, 박태환, 예술가를 꿈꾸는 사람이라면 피카소, 서태지, 베토벤, 영화감독을 꿈꾸는 사람이라면 스티븐 스틸버그 등 각 분야에서 최고봉에 오른 인물 중 닮고 싶은 사람을 선정한 후 그와 닮은꼴의 목표를 가지고, 노력하고, 행동하는 것이다.

우리가 알고 있는 세계의 석학과 세계적인 부자, 기업인, 스포츠 선수, 예술가 등 분야를 막론하고 그들에게는 자신의 인생을 지휘해줄 마에스트로가 있었다.

세계 최고의 석학 피터 드러커에게는 중학교 시절 선생님인 필리글러 신부가 마에스트로였다. 그의 나이 열세 살 되던 해에 필리글러

 스토리텔링에 강한 아이로 키워라

선생은 수업 도중에 칠판에다 이런 글을 커다랗게 적었다고 한다.

"나는 죽은 후에 어떤 사람으로 기억되고 싶은가?"

공부 시간에 던져진 이 화두를 보고 학생들은 고개만 갸우뚱거렸다.

선생님은 미소를 지으며 조용히 말했다.

"나는 너희들이 이 질문에 대답할 수 있기를 기대하지 않는다. 너희들은 이 질문에 대답하기에는 아직 어리기 때문이다. 하지만 50세가 되어서도 명확한 대답을 하지 못한다면 그 사람은 인생을 잘못 살고 있다고 보면 된다."

피터 드러커는 그날 이후로 아침마다 거울 앞에서 스스로에게 이 질문을 던졌다고 한다. 힘든 날에는 이 질문이 채찍이 되어주었고, 기쁜 날에는 비타민이 되어주었다. 그는 졸업 60주년 기념 동창회에서 그 사실을 고백하였다.

그리고 그의 나이 90세를 넘긴 어느 날 자신의 마에스트로가 던져준 질문에 대해 이렇게 이야기한 바 있다.

"아흔이 넘은 지금도 나는 그 질문을 계속하고 있다. '나는 어떤 사람으로 기억되기를 바라는가?' 내가 이 질문을 끊임없이 하는 이유는 이 질문이 나를 스스로 거듭나는 사람이 되도록 이끌어주기 때문이다. 이 질문은 자기 자신을 다른 시각에서 바라보도록, 즉 자신이 자신을 앞으로 '될 수 있는' 사람으로 보도록 압력을 가하기 때문이다."

세계 부자 1, 2위를 다투는 전설적인 투자자 워런 버핏이 세계적인 투자자가 될 수 있었던 것도 그에게 두 명의 위대한 마에스트로가 있었기 때문이다. 벤저민 그레이엄(Benjamin Graham)과 필립 피셔(Philip Fisher)가 그들이다.

워런 버핏은 이런 말을 남겼다.

"나의 85%는 그레이엄이고, 15%는 피셔다."

워런 버핏은 하버드대 경영대학원에 지원했다가 떨어졌다. 하지만 그는 실망하거나 다시 도전하겠다는 선택을 하지 않고 다른 길을 찾아냈다.

"미래 사회는 자본의 위력이 더 세질 것이고 올바른 투자법을 배우는 것이 나의 미래에 새로운 길을 열어줄 것"이라는 믿음을 갖고 자신의 마에스트로가 되어줄 사람을 찾았다. 그가 바로 유명한 벤저민 그레이엄이었다. 그는 벤저민 그레이엄이 교수로 있던 컬럼비아대 대학원으로 진로를 결정했다.

벤저민 그레이엄은 워런 버핏을 수제자로 삼았고, 그는 스승으로부터 가치 투자를 배울 수 있었다. "내가 벤저민 그레이엄을 만난 것은 다마스쿠스로 가던 사도 바울이 예수님을 만난 것과 같은 전환점이었다."라고 고백했을 정도다.

워런 버핏에게는 필립 피셔라는 또 한 분의 마에스트로가 있다. 그는 피셔가 지은 『위대한 기업에 투자하라』(박정태 옮김, 굿모닝북스, 2005)를 읽은 후 잠을 이룰 수 없을 정도로 큰 감동을 받았다고 한다. 샌프란시스코로 피셔를 찾아가서 스승으로 모시겠다고 말했고, 그날 이후부터 피셔의 투자 철학을 집중적으로 배워나가기 시작했다. 그는 피셔로부터 훌륭한 기업이 어떻게 만들어지는지 배울 수 있었다.

워런 버핏은 남과는 다르게 미래를 바라보는 눈 덕분에 벤저민 그레이엄의 수제자가 될 수 있었고, 지금 세계 최고의 투자자 반열에 올라 있다.

한 청년이 그에게 물었다.

"당신의 인생에게 가장 중요한 역할 모델이 당신의 성공에 어떤 영향을 미쳤습니까?"

그는 이렇게 답했다.

"내 생각에는 역할 모델(role models)이란 표현보다 영웅(heroes)이란 호칭이 더 어울릴 것 같습니다. 여러분의 영웅이 누구냐에 따라 앞으로 여러분의 삶이 어떻게 전개될지 추론해낼 수 있습니다."

내 아이가 마에스트로를 갖는 것, 마에스트로 후보들을 제시해주고 아이가 선택하도록 도와주는 일, 이것은 스토리텔링형 아이로 키우는 것뿐만 아니라 아이의 미래 비전을 심어주는 데도 강력한 동력으로 작용하게 된다.

아이가 마에스트로를 정했다면 이제 어떻게 해야 할까? 마에스트로를 누군가로 정했다는 것만으로는 아이의 삶에 변화를 미치지도 못하고 스토리텔링형 인간이 되는 데에도 영향을 끼치지 못한다.

내 아이 마에스트로 만들기 순서

1. 마에스트로 정하기

마에스트로를 정할 때는 꿈과 연결시키는 것이 중요하다. 자신의 꿈이 무엇인지 진지하게 고민하게 하고 그 분야에서 큰 위업을 달성한 사람 가운데 자신이 존경하고, 닮고 싶은 사람을 정하도록 한다.

2. 마에스트로에 대해 조사하기

자신이 결정한 마에스트로에 대한 조사부터 한다. 텔레비전, 잡지, 신문, 책 등을 통해 그 사람의 업적, 그 업적을 쌓기까지의 과정 속에 깃든 노력, 내 나이 때에 그 사람은 무엇을 했는가, 그의 강점 등을 모두 조사한다.

3. 마에스트로와 '가상 인터뷰' 하기

가상 인터뷰는 미래의 자신의 모습을 상상하면서 자신의 마에스트로를 직접 만난 것처럼 인터뷰를 해보는 것이다. 가능하다면 실제로 만나 인터뷰를 하는 것이 가장 효과적이겠지만 자신의 마에스트로를 만난다는 것은 상당히 어려운 일이다.

그렇기에 가상 인터뷰를 하는 것만으로도 아이에게 미치는 영향은 크다. 가상 인터뷰집을 작성해보는 것도 도움이 될 것이다.

내가 꿈꾸는 직업을 가진 '마에스트로' (　　　　) 인터뷰	
직업	
근무하는 곳	
직업을 선택한 이유	
구체적으로 하는 일	
직업을 갖기 위해 필요한 노력	
보람을 느끼는 일	
어려운 점	
나에게 해주고 싶은 말	

4. 마에스트로와 '상상 대화' 하기

마에스트로와 인터뷰를 해보았다면 그다음 단계로 상상 대화를 해보는 것이 좋다. 궁금한 일이나 조언을 듣고 싶을 때 자신의 마에스트로와 상상의 대화를 해보는 것이다. 이 방법은 초등학생에게는 쉽지가 않다. 처음 실시할 때는 부모님이 방법을 가르쳐주어야 한다.

먼저 조용히 눈을 감고 머릿속에 존경하는 인물을 떠올리도록 한다. 눈을 감기 전에 그 인물의 사진이나 그림을 1분 정도 뚫어지게 바라보면 떠올리는 데 도움이 된다.

그다음에는 그에게 궁금한 점, 배우고 싶은 점 등을 머릿속으로 질문해보게 한다.

마지막으로 자신의 마에스트로라면 그 질문에 어떤 대답을 할지 상상하면서 자신에게 들려주듯이 스스로 대답을 한다.

이렇게 존경하는 인물과 상상의 대화를 해보면 아이는 자신의 삶에 의문점으로 남아 있던 질문들에 대한 답이 구름 걷히듯 드러나는 놀라운 경험을 하게 된다.

5. 마에스트로와 '원탁회의' 하기

중학생 정도라면 더 확장된 방법을 사용하면 좋다.

회의장에서 자신의 마에스트로와 회의하는 상상을 해보는 것이다.

둥근 탁자가 있는 회의장에서 존경하는 인물들이 회의하는 모습을 상상한다. 물론 내 아이는 그 회의를 주도하는 사회자가 되어 즐거운 대화를 이끌어가는 상상을 하도록 하는 것이다.

비록 상상 속의 대화지만 존경하는 인물들과 회의하다 보면 그들에게서 많은 것을 배우고, 그들의 생각과 행동 방식이 어느 순간 자신의 인생에 영향을 미치고 있다는 사실을 깨달을 것이다.

"우리 아이는 꿈이 수시로 바뀌는데 매번 마에스트로를 바꾸어야 하나요?"

이런 질문을 하는 부모님들도 있다. 초등학교 시절 또 중학교 시절 아이의 꿈이 자주 바뀌는 것은 당연한 현상이다. 그리고 꿈이 자주 바뀐다고 해서 '우리 아이는 도대체 왜 다른 아이들처럼 명확한 꿈이 없는 거야?'라고 안타까워할 필요는 없다.

초등학생, 중학생에게 고정된 미래는 없다. 마에스트로를 정하고, 세상을 바라보면서 아이의 미래 꿈에 대한 시각은 점점 바뀔 수 있다. 그것은 아이가 진짜 자신의 꿈을 찾아가는 자연스러운 여정이니 전혀 걱정할 필요가 없다.

자신의 마에스트로를 정하고 가상 인터뷰나 상상 대화를 하는 것은 자녀의 마에스트로가 바뀔 때마다 해주면 좋겠지만 꿈이 자주 바뀌는 아이에게는 그렇게 하지 않아도 된다. 3개월, 6개월 등의 기간을 정해놓고 그때마다 실시하는 것도 한 방법이다. 마에스트로가 변하지 않고 같은 인물이더라도 가끔씩 실시하는 것이 좋다. 3개월이나 6개월, 그리고 1년이 지나면 마에스트로를 바라보는 시각과 자신의 상황에서 마에스트로에게 배울 점이 변하게 마련이고 그것은 아이의 꿈이 뿌리내리는 데에 도움을 준다.

자신의 인생을 바꾸어줄 마에스트로를 찾고 그에게 배우는 것, 그것도 우리의 인생에서 중요하게 다루어져야 할 능력 중 하나이다. 그 마에스트로가 아이의 영웅이 될 것이고, 아이를 영웅으로 만들어줄 테니 말이다.

마에스트로 만들어주기를 통해 아이가 스토리텔링형 인간이 되는 탄탄한 주춧돌을 쌓고, 미래 비전도 가질 수 있도록 두 마리의 토끼를 모두 잡기 바란다.

 스토리텔링에 강한 아이로 키워라

디딤돌 3단계
체험 학습 포트폴리오를
함께 준비하라

체험 학습은 내 아이의 창의성을 기르는 데에 효과 만점인 방법이다. 체험을 한다는 것은 시각, 촉각, 공감각 등 온몸으로 느끼는 행위이므로 아이의 오감을 자극하는 데 효과적이다. 체험 학습의 장점은 적극적으로 사물을 보고, 활동하고, 그 대상과 접촉을 할 수 있기에 창의성과 탐구성을 기르는 데 효과가 아주 높다.

그런데 체험 학습을 하는 것에 그쳐서는 그 효과를 극대화시키기 힘들다. 체험 학습을 하고 나서 그것을 포트폴리오화해서 정리해두는 습관이 중요하다. 포트폴리오 과정에서 앞으로 나올 라이팅 파워와 관찰력, 생각의 논리성을 동시에 키울 수 있기 때문이다.

<u>체험 학습 포트폴리오는 스스로의 생각을 창의적이고 논리적이며 감성적으로 잘 표현해낼 수 있도록 도와주는 장점을 가지고 있다.</u>

체험 학습 포트폴리오

포트폴리오는 자신이 가진 모든 능력의 결과물이 되어준다. 용어 자체가 어려워 보이지만 보고서와 비슷하다고 생각하면 된다. 체험 학습 포트폴리오는 사전에 계획하여 실행하고 참여한 기록을 남겨서 정리해두는 것이다.

체험 학습 포트폴리오를 만들기 위해서는 세 박자가 필요하다. 가기 전의 준비 단계, 현장에서의 견학 단계, 갔다 와서의 포트폴리오 만들기 단계이다.

1. 가기 전의 준비 단계

학부모들은 보통 체험 학습을 다녀와서의 포트폴리오 단계를 중요시 여긴다. 하지만 그것은 잘못된 생각이다. 체험 학습 포트폴리오에서 가장 중요한 단계는 바로 가기 전의 준비 단계이다. 학습 주제를 정하고, 장소를 선정하고, 학습 방법을 계획·준비하는 단계이다. 책과 인터넷을 통해 '무엇을 체험할 것인가?', '내가 눈여겨볼 점은 무엇인가?', '나의 궁금증을 일게 하는 것은 무엇인가?' 등을 미리 꼼꼼히 조사해두는 것이 중요하다. 이러한 준비 과정을 거치면 적극적인 탐색 활동을 하게 되기 때문이다.

필자는 이런 준비 단계 없이 초등학교 4학년 아이들을 데리고 첨성대를 체험 학습한 적이 있었다. 아이들은 "애개? 뭐 이렇게 작아요. 별것 아니잖아."라고 이야기하면서 첨성대를 체험하는 데 단 1분도 걸리지 않고 딴청들을 피워댔다.

이듬해에는 같은 4학년 아이들을 데리고 가면서 먼저 조사를 하게 했다. 각자 첨성대에 대해 두 가지씩 조사해오기로 했다.

"첨성대 돌의 단수는 27단이라고 한다. 선덕대왕이 신라의 27대 왕이라서 그렇다는데 가서 확인해보겠다."

"첨성대에는 361개 반의 돌이 쌓여 있다고 한다. 이것은 음력의 1년 수라고 하는데 맞는지 궁금하다."

체험 학습을 준비하면서 자신이 살펴볼 부분을 미리 조사한 아이들은 눈빛도 달랐고 체험하고 관찰하는 시간도 달랐다. 10분 이상씩을 유심히 관찰하고 궁금하던 것을 확인하고 문화재 안내 도우미분들한테 안내를 요청하기까지 했다.

준비 단계에서 미리 학습 계획서와 학습 안내서(학습지)를 만들어 보도록 하라. 그러면 이미 다른 아이들과 다른 체험 학습이 된다.

체험 학습 계획서

초등학교　　　학년　　반　　번 이름

체험 학습 일시	2013년　　월　　일부터　　2013년　　월　　일까지		
체험 학습 장소			
체험 학습 주제			
체험 학습 활동 계획			

시간		활 동 할 내 용	준 비 물
부터	까지		
알아보고 싶은 점			
체험 현장에 오가는 방법	집 → 현장		
	현장 → 집		
같이 참여할 사람			
조사 방법			

준비물	
궁금한 점	
미리 조사한 내용	
꼭 해결해야 할 내용	

2. 현장에서의 견학 단계

① 출발 시각, 교통편, 소요 시간, 도착 시각 등을 수시로 메모한다.
　(필기도구, 메모지 준비)

② 위치, 유래, 주변의 자연경관, 문화재, 문화 행사 등을 중심으로
　견학한다. (사전에 조사한 자료를 중심으로 사진을 찍고 메모하
　면 좋다.)

③ 조사 활동 시에 사진 자료도 함께 만들면 좋다.

④ 입장권 같은 자료도 첨부한다.

문화 유적 및 문화재 자료	이런 활동을 할 수 있다	이런 능력이 길러진다
사물 (문화재 원본이나 복제품)	관찰, 다루어보기, 만지기	시각적, 감각적(보기, 만지기, 냄새 맡기, 맛보기) 인식
그림, 벽화, 삽화 자료	기록하기, 필기, 질문하기, 스케치	증거의 분석, 종합
문서, 사진	듣기와 말하기, 강의, 설명, 집단 토론	증거의 이해, 평가, 해석
유적, 유물	창의적 활동, 쓰기, 스케치, 모델 만들기	언어적, 예술적, 기술적 기능

3. 다녀와서 포트폴리오 만들기

체험 학습을 다녀온 후에 포트폴리오 만들기 작업을 한다.

앞에서 '가기 전의 준비 단계'가 가장 중요하다고 했다. 그 이유 가운데 하나가 '나만의 포트폴리오'를 만들 수 있다는 데 있다.

다녀와서 포트폴리오 만들기에 중점을 둔 아이들의 것은 거의 동일한 내용이라고 해도 무방하다. 그런 포트폴리오는 인터넷 어디에서든 구할 수가 있다.

그런데 '가기 전의 준비 단계'를 탄탄히 해둔 학생의 포트폴리오는 다르다. 자신만의 관점과 관찰을 통한 포트폴리오가 만들어진다. 다른 학생들과 차별성 있는 포트폴리오를 만들 수 있는 것이다. 미리 조사하면서 궁금하던 점을 기록하는 포트폴리오, 흥미를 끌던 내용을 눈으로 확인하니 이런 점을 느꼈다고 기록할 수 있는 포트폴리오를 만들 수 있는 것이다.

포트폴리오는 여러 가지 형태로 만들 수 있다.

마지막으로 정리를 하면서 자신이 처음에 준비하고 계획했던 것이 잘 이루어졌는가에 대한 평가도 병행하면 금상첨화일 것이다.

　포트폴리오를 기록하고 모아두는 작업은 결코 만만한 일이 아니다. 하지만 체험 학습 포트폴리오를 만들고 모아두는 일은 아이의 미래를 위해 중요하다. 여의치 않을 경우에는 에듀팟을 이용하여 인터넷 공간에 기록해두는 것도 괜찮다. 에듀팟에는 뒤에 나올 봉사 활동도 기록해둘 수 있는 장점이 있다.

166

포트폴리오의 예

체험 학습 계획서가 기본이고 다음 내용을 추가해서 포트폴리오를 완성하면 된다.

체험 학습 내용	주제별로 체험한 내용을 적는다. 인상 깊었던 내용과 기억해야 할 내용을 적는다.
물음표 내용	체험 학습을 하고 나서 생긴 궁금증을 적는다.
보충할 내용	궁금증을 해결하기 위해 조사해야 할 내용을 적는다.
느낀 점	체험 학습을 통해 느낀 점을 적는다.
자료 수집	체험 학습에서 찍은 사진, 체험 학습장에서 구해온 팸플릿, 직접 만든 체험 학습 물건 등.

체험 학습 보고서 포트폴리오의 다양한 방법

체험 학습 포트폴리오를 만들 때 꼭 보고서 양식일 필요는 없다. 아이의 흥미와 적성에 맞게, 그리고 체험 학습을 간 곳의 특성에 따라 다양한 방식으로 작성하면 아이의 창의성뿐 아니라 더 나은 포트폴리오를 만드는 데도 도움이 된다.

1. 편지글로 만들기

아이들은 자신이 알고 있는 것에 그치지 않고 다른 사람에게 표현을 하면 그 내용에 대해 더욱 깊이 있는 이해를 하게 된다. 즉 다른 사람에게 알려주고 표현하면서 자신만의 체험 학습 내면화를 하게 되는 것이다. 편지 중간에 사진 찍은 것이나 체험 학습 장소에서 나눠준 안내 책자를 함께 제시하면 더욱 알찬 포트폴리오가 된다.

2. 만화(광고)로 만들기

만화(광고)를 잘 그리고 못 그리고는 중요하지 않다. 만화(광고)를 통해 아이들은 자신만의 방식으로 체험한 내용들을 표현한다. 견학한 장소에서 보고 느낀 점을 함축적으로 표현하기 때문에 단지 본 것에 그치지 않고 내면화하게 된다.

광고로 표현할 때는 자신만의 문구를 만들어보도록 유도하는 것이 좋다. 체험 학습 전체에서 하나의 함축적인 가치를 제시할 능력까지 기르게 된다.

3. 여행안내서로 만들기

체험 학습 장소에 가보면 대부분 안내 책자나 여행안내 자료를 무료로 배포한다. 이것을 모아서 가져오면 포트폴리오를 만드는 데 도움이 된다. 그런데 이것을 그냥 붙이는 것만으로는 별 효과가 없다.

부모는 아이에게 그 장소에 가보지 못한 사람들에게 도움이 될 수 있는 여행안내서를 만들어보기를 권하라. 아이는 자신이 직접 보고 온 것 중에서 의미 있는 것들을 여행 가이드북 형식의 포트폴리오로 만들게 될 것이다.

4. 체험 학습 장소에 맞는 미니북 만들기

요즘은 주제에 맞는 체험 학습 장소들이 많다. 공룡 박물관, 도자기 체험 박물관, 한옥 박물관, 물고기 박물관, 옛날 물건 박물관 등등 그 종류가 매우 다양하다. 그래서 체험 학습 간 곳의 특정한 주제를 중심으로 미니북을 만들어보도록 하는 것이다. 고래 박물관－고래 모양의 보고서, 한옥 박물관－한옥 양식의 미니북 등 주제에 맞는 포트폴리오를 만들면 아이도 재미있어하고 포트폴리오도 알차게 만들어진다.

5. 인터넷을 통해 포트폴리오 누적하기

체험 학습 포트폴리오를 보관하는 것도 사실 녹록지 않은 일이다. 휘발성, 즉 사라지지 않는 포트폴리오 만들기에도 관심을 가져야 한다. 인터넷을 통해 포트폴리오를 누적할 수 있는 에듀팟을 이용하는 것도 한 방법이다.

http://www.edupot.go.kr

(에듀팟은 학생이 자기주도적으로 학교 내외의 다양한 창의적 체험 활동을 기록·관리하는 온라인 시스템으로 '창의적 체험 활동 교육과정'의 네 가지 영역인 자율 활동, 동아리 활동, 봉사 활동, 진로 활동 중심의 활동 내용과 자기소개서, 방과 후 학교 활동 등을 포함하는 교과 외 활동에 학생이 성실히 참여한 과정과 결과를 담는 그릇이다.)

디딤돌 4단계
봉사 활동으로
스토리를 만들어라

봉사 활동도 자녀를 스토리텔링에 강한 아이로 키우는 데 중요한 요인 중 하나이다. 대학 입시의 입학사정관제와 특목고 입시의 자기주도적 학습 전형에서는 봉사 활동을 어떻게 했고, 포트폴리오를 어떻게 만들어두었는가는 아주 중요하다.

그러나 결코 잊지 않아야 할 것이 하나 있다. 봉사 활동의 고유 목적에 충실하는 것이 가장 중요하다는 사실이다. 즉 스토리를 기르거나 포트폴리오를 만들기 위한 봉사 활동이 되어서는 안 된다. 다른 사람을 배려할 줄 알고, 소외된 곳에 온정의 손길을 내밀 수 있는 따스한 마음을 가진 참된 사람으로 키우기 위한 봉사 활동이 되어야 한다. 본말이 전도되어서는 결코 안 되는 법이다.

실제로 봉사 활동을 통해 다른 사람과 협력하고 원만한 인간관계를 유지하게 함으로써 아이는 사회성을 기르고 자아를 실현하는 법을 배우게 된다. 봉사 활동을 하는 동안 자신을 표현할 기회를 갖게 되어 자신감이 생기며, 다른 사람들과 협동하여 함께 일하는 가운데 잠재적인 지도력, 즉 리더십도 생겨나게 된다. 즉 봉사 활동이 신체적, 정신적, 정서적 건강을 지닌 전인적 인간으로 성장하도록 도움을 주는 것이다.

그렇다면 봉사 활동을 하기 위해서는 무엇을 먼저 해야 할까?
봉사 활동은 즉흥적으로 해서는 안 된다. 사전에 계획을 세워야 알차고 깨달음을 주는 봉사, 사랑을 나눌 수 있는 봉사가 되는 법이다. 봉사를 하기 전에 미리 계획을 세워두면 봉사 활동 포트폴리오를 만드는 데도 도움이 된다.

1. 내가 생각하고 있는 봉사와 맞는가?

2. 내가 여기서 봉사를 하고 싶은 진짜 이유는 무엇인가?

3. 현재 내 상황, 내 현실에서 할 수 있는 봉사 활동인가?

4. 봉사 활동을 하러 가기 전에 무엇을 준비해야 하는가?

5. 봉사 활동의 시기는 언제인가?

6. 이 봉사 활동을 통해 내가 배우고 싶고, 얻고 싶은 것은 무엇인가?

우리가 흔히 생각하는 양로원, 고아원, 동사무소 일 돕기 같은 것만 있는 게 아니다. 수많은 봉사 활동이 존재한다.

봉사 활동의 종류

유형	내용
위문 활동	**외롭고 힘들게 살아가는 사람들을 위로, 위문하는 활동이다.** ▶ 고아원 위문: 고아원을 방문하여 원생들을 위로한다. - 예: 고아원생들과 친선게임, 자매결연, 위문품 전달 등 ▶ 양로원 위문: 양로원을 방문, 할아버지 할머니들을 위로해드린다. - 예: 노래, 춤, 연주, 연극 등을 통해 위로하고 위문품 전달 등 ▶ 장애인 위문: 장애인 학교나 재활원 등을 방문, 위로한다. - 예: 함께 놀기, 장애인 돕기, 위문품 전달 등 ▶ 병약자 위문: 주변에 있는 무의탁 노인이나 병원의 환자 등을 방문, 위로한다. - 예: 병원이나 보건소 등의 환자 위문, 무의탁 노인 위로 등 ▶ 국군장병 위문: 국군장병들을 위문한다. - 예: 위문편지 쓰기, 위문품 전달 등
자선구호 활동	**병자, 노약자, 빈민, 고아, 난민 등을 구제하기 위한 활동이다.** ▶ 재해구호 활동: 수재나 화재 등을 당한 사람을 구제하기 위한 활동이다. - 예: 재해구호를 위한 노동 봉사, 재해구호 모금 활동, 기부금 납부 등 ▶ 불우이웃 돕기: 외롭게 살고 있는 병자, 노약자, 빈민, 장애인 등 불우한 이웃을 실제적으로 돕기 위한 활동이다. - 예: 독거노인 돕기, 장애인 돕기, 의료비 모금 활동, 불우이웃성금 모금, 노약자 위로금 납부, 바자회 개최, 어린이 가장 돕기, 지정기탁, 고아나 장애인 1대1로 돕기, 노인 안마해드리기, 말벗 되어드리기 등 ▶ 국제협력 및 난민구호: 인도적 차원에서 국제적인 협력이나 난민구호 등에 참가하는 활동이다. - 예: 외국인에게 한국 가정 소개하기, 외국인 안내하기, 외국 학생 초대하기, 전쟁고아 돕기, 아프리카 난민구호 활동, 난민구호성금 모금 활동 등

일손돕기 활동	**일손이 모자라는 복지시설, 공공기관, 병원, 농어촌 등을 찾아 실질적인 도움을 주기 위한 활동이다.** ▶ 복지시설 일손 돕기: 아동 및 청소년 복지시설, 장애인 복지시설, 노인 복지시설 등을 방문하여 일손을 돕는다. - 예: 어린이 돌보기, 시설물 관리, 학습교재 제작, 배식, 설거지, 세탁, 청소, 시각장애인에게 책 읽어주기, 편지 대필하기 등 ▶ 공공기관 일손 돕기: 우체국이나 동사무소 등 각종 공공기관을 방문하여 일손을 돕는다. - 예: 안내하기, 우표 붙이기, 우편물 분류 돕기, 청소하기, 간단한 업무 돕기, 도서정리, 자료정리 등 ▶ 병원 일손 돕기: 가까운 병원이나 보건소 등을 방문하여 일손을 돕는다. - 예: 안내하기, 청소하기, 간단한 업무 돕기, 심부름하기 등 ▶ 농어촌 일손 돕기: 농촌이나 어촌 등을 방문하여 일손을 돕는다. - 예: 모내기나 추수 돕기, 어린이 돌보기, 주변 청소하기, 심부름하기, 어장이나 과수원 일손 돕기 등 ▶ 학교 내 일손 돕기: 교과 활동이나 특별 활동과 무관한 학교행사 등을 돕는다. - 예: 운동장 정리, 학교행사 안내, 봉사활동목록 작성을 위한 조사연구, 환경미화, 나무심기 등
환경·시설 보존 활동	**자연환경과 동식물을 보호하고, 주변환경이나 시설물을 깨끗하게 유지·보호하기 위한 활동이다.** ▶ 깨끗한 환경 만들기: 주변 환경이나 시설들을 깨끗이 하기 위한 활동이다. - 예: 폐휴지 줍기, 잡초제거, 청소하기, 껌 떼기, 쓰레기 분리수거 등 ▶ 자연보호: 강, 바다, 산 등 주변 자연을 보호하고 오염을 방지하기 위한 활동이다. - 예: 강, 바다, 산 등의 오염방지 활동, 오염물질 수거 활동, 환경오염원 신고 ▶ 문화재 보호: 지역사회 안에 있는 문화유산을 보호하고 깨끗이 유지하는 활동이다. - 예: 문화 유적지 주변 청소하기 등
캠페인 활동	**잘 모르거나 잘못 알고 있는 사람들을 지도하고 계몽하기 위한 활동이다.** ▶ 공공질서 확립 캠페인: 여러 사람들이 함께 모이는 곳에서의 공공질서를 확립하기 위해 지도하고 계몽하는 활동이다. - 예: 차례 지키기 캠페인, 부정부패 추방 캠페인, 공정선거 캠페인 등 ▶ 교통·안전 캠페인: 교통질서 및 안전사고 예방을 위해 계도하고 계몽한다. - 예: 교통안전 캠페인, 안전사고 예방 캠페인, 거리질서 확립 캠페인 등 ▶ 학교 주변 정화 캠페인: 학교 주변의 환경을 깨끗이 하기 위한 계몽 활동이다. - 예: 유해업소 방문 계도, 전단 나누어주기, 교육환경 저해업소 조사 등

 스토리텔링에 강한 아이로 키워라

지도 활동	**학생들이나 일반인들에게 교과, 운동, 문화, 레크리에이션 등을 지도하는 활동이다.** ▶ 동급생 지도: 동급생들 중 학습이 부진한 학생들을 지도하는 활동이다. - 예: 교과별 학습부진 학생 지도, 운동 지도, 게임 지도 등 ▶ 하급생 지도: 유치원이나 학교 안에서 자기보다 어린 학생에게 공부나 운동 등을 가르치는 활동이다. - 예: 유아원생 돌보기, 유치원생 지도, 초등학생 지도, 중학생 지도 등 ▶ 사회교육 지도: 지역사회에서 어린이나 일반인을 대상으로 교과공부나 운동, 문화, 레크리에이션, 컴퓨터 등을 무료로 지도하는 일이다. - 예: 어린이 축구 교실, 어린이 농구 교실, 어린이 컴퓨터 교실, 에어로빅 교실, 각종 문화 및 레크리에이션 지도 등 ▶ 교통안전 지도: 등하교길의 교통안전 지도 활동이다. - 예: 교통신호 지키기, 건널목 교통안전 지도, 등하교길 안전지도 등
지역사회 개발 활동	**지역 실태조사나 지역문화 프로그램 개발 등 지역사회 발전을 위한 활동이다.** ▶ 지역실태 조사 활동: 지역사회 발전을 위해 실태를 파악하기 위한 활동이다. - 예: 지역사회 현황파악 활동, 지역사회 복지 지도 만들기, 지역 문화재 지도 만들기 등 ▶ 지역사회 가꾸기: 자기가 사는 지역사회를 아름답고 깨끗하게 만들기 위한 활동이다. - 예: 마을 꽃길 만들기, 놀이터 만들기, 놀이터 청소, 마을 대청소, 도로 정비 ▶ 지역홍보 활동: 지역사회를 다른 사람들에게 널리 알리기 위한 활동이다. - 예: 지역신문 만들기, 지역 안내지 만들기, 지역사회 관광 · 여행 안내, 지역문화 프로그램 개발 등 ▶ 지역행사 지원 활동: 지역사회 내에서 행해지는 각종 행사를 지원하는 활동이다. - 예: 지역 내 체육대회 등 지역행사 일손 돕기, 지역문화 행사장 청소, 공공행사장 안내, 질서 및 안전 계도, 주차장 안내 등
기타 활동	앞의 영역으로 분류하기 어려운 봉사 활동이다.

봉사 활동 관련 사이트

봉사 활동에 도움이 될 사이트들을 안내한다.

▶ 한국청소년진흥센터 http://www.all4youth.net

▶ 한국자원봉사문화 http://www.volunteer21.org

▶ 한국자원봉사교육협회 http://www.kvea.or.kr

▶ 서울특별시 교육청 학생봉사활동 http://bongsa.sen.go.kr

▶ 경기교육자원봉사단체협의회 http://www.bongsanara.net

▶ 한국청소년단체협의회 http://www.ncyok.or.kr

▶ 청소년 자원봉사활동정보서비스 http://www.dovol.net

▶ 봉사넷 http://www.bongsa.net

▶ 복지미 http://bokjimi.co.kr

▶ 한국미래사회복지재단 http://www.kfsw.org

▶ 사랑의 열매 http://www.chest.or.kr

▶ 파라미타 청소년연합회 http://www.paramita.or.kr

봉사 활동은 앞에서도 말했듯이 자신의 상황에 맞는, 자신의 가치관과 맞는 활동을 선택해서 꾸준히 하는 것이 중요하다. 아이의 사회성 발달과 자아실현을 위해서도 꾸준히 하는 것이 도움되지만 특목고 입시에서의 '자기주도적 학습 전형', 대학 입시의 '입학사정관제'에도 지속적인 활동이 좋은 평가를 받는다.

입학사정관들은 봉사 활동의 양을 중요하게 생각하지 않는다. 무분별한 과시형 포트폴리오는 오히려 부정적인 평가를 받을 수 있다. 보여주려는 내용이 많을수록 핵심을 놓치기 쉽기 때문이다.

요즘 해외로 봉사 활동을 가는 친구들도 있다. 입학사정관들에게 크게 어필할 수 있다고 생각해서일 것이다. 그러나 입학사정관들이 중요시하는 것은 어디에서 했느냐가 아니다. 그리고 앞으로 한국대학교육협의회에서는 해외 봉사 실적을 입학사정관 전형 요소에 넣지 않기로 했다는 사실을 꼭 기억해두기 바란다.

봉사 활동은 자녀 혼자 참가하는 것보다는 가족 차원으로 하는 것이 훨씬 효과적이다. 연구 결과 부모와 자녀가 함께 참여하는 경우, 또한 참여 만족도가 높을수록 가족 건강성이 높게 나타났다. 그러므로 가족끼리 함께 봉사할 수 있는 활동 분야의 선택과 자원봉사 활동을 수행하는 동안의 가족 관계의 변화와 친밀도도 고려하는 것이 좋다.

어릴 때부터 체험 학습과 봉사 활동을 포트폴리오로 만들어두는 습관을 가지고 있어야 고등학교 입시, 대학교 입시에서 이러한 포트폴리오를 잘 활용하는 아이가 되는 법이다.

디딤돌 5단계
자신을 표현하는
라이팅 파워를 키워라

나는 지금까지 600여 차례가 넘는 강연을 했다. '내 아이 영재로 만드는 독서법', '입학사정관제 대비 어떻게 할 것인가?', '스토리텔링에 강한 아이로 키워라' 등 학부모와 교사를 대상으로 하는 강연을 주로 했다. 적게는 30명, 많게는 500명이 강의를 듣는데 강의가 끝난 후 질의응답 시간에 자주 나오는 질문이 하나 있다.

"우리 아이는 다른 과목은 잘하는데 국어 능력이 처집니다. 국어를 잘하려면 어떻게 해야 하나요?"

그러면 나는 이렇게 되묻는다.

"일주일에 영어와 수학에 투자하는 시간은 얼마나 되지요? 책 읽기나 국어 공부에 투자하는 시간이 이 시간의 5분의 1 정도는 되나요?"

나의 말에 질문한 부모는 쑥스러운 듯 피식 웃어버리고 만다.

부모님들이 착각하는 것이 하나 있다. 영어, 수학에 올인하면 내 아이가 좋은 대학에 갈 수 있다고 잘못 믿고 있는 것이다. 대입에서 중요하지 않은 과목은 없다. 그렇지만 상위권 대학에 진학하고자 하는 학생들에게는 언어, 수리가 가장 중요하다. 이 과목에서 격차가 많이 나기 때문이다. 최상위권 학생들 사이에서는 외국어(영어), 사회, 과학 같은 과목들은 큰 차이가 나지 않기 때문에 언어와 수리가 아주 중요하다.

그럼에도 불구하고 부모들은 언어나 국어 같은 경우에는 우리말인데 뭐 그렇게까지 시간을 투자하면서 공부할 필요가 있나 하고 안일하게 생각하는 경우가 많다.

언어, 국어 능력 중에서도 라이팅 능력은 무엇보다도 중요하다. 라이팅 능력을 길러야 하는 이유는 대학 입시에서 국어 시험을 잘 보기 위한 것에 그치지 않는다. 외국어 시험에서의 문장을 이해하는 능력, 입학사정관제의 자기소개서, 훗날 기업에 취직해서 필요한 프레젠테이션 능력 등 모든 영역에서 아주 중요한 경쟁력을 나타내는 지표가 되기 때문이다.

왜 국어 능력과 라이팅 능력이 없으면 외국어 시험에서도 좋은 성적을 거두기 힘든지 한 번 살펴보자.

24. 다음 글에서 필자가 주장하는 바로 가장 적절한 것은? (   )

Many people use their cleverness to justify and excuse themselves for the messiness of their workspaces.

They say things like, "I know where everything is." Or they say non-humorous things such as, "A clean desk is a sign of a sick mind." However, people who say they know where everything is turn out to be using a large amount of their mental capacity and creative energies remembering where they placed things, rather than doing the job. If they worked in a well-organized environment for any length of time, they would be surprised at how much more productive they were. If you have a tendency to attempt to explain a messy desk or work area, challenge yourself to work with a clean desk for an entire day.

The result will amaze you.

① 직원들의 사기진작을 위해 유머감각을 잃지 마라.

② 새로운 근무환경에 빨리 적응하기 위해 노력하라.

③ 지적 능력을 향상시키기 위해 창의성을 개발하라.

④ 업무편의를 위해 필요한 도구를 가까이 두어라.

⑤ 생산성을 높이기 위해 주변환경을 정돈하라.

이 문장 안의 단어들을 모두 알고 있다고 치자. 그렇다면 이 문제의 답을 맞힐 수 있을까?

절대 아니다. 주제를 파악하는 능력, 즉 언어에 대한 이해력과 추리 능력 없이는 이 문제를 풀 수가 없다. 즉 영어지만 국어 능력이 없으면 풀 수 없는 문제이다.

실제로 수능 시험에서 상위권 학생들은 언어 능력에서 많은 차이가 난다. 즉 국어에 대한 능력, 말하고 듣고 읽고 쓰는 능력이 없다면 최상위권에 진입하기는 어렵다는 결론이 나온다. 고입, 대입에서뿐만이 아니다. 국어 능력을 기르는 것은 이제 미래형 인재의 필수 사항이 되어버렸다.

<u>그렇다면 라이팅 능력을 어떻게 기를 것인가? 라이팅 능력의 기본은 바로 독서이다. 독서가 기초가 되지 않고서는 결코 좋은 라이터가 될 수 없다.</u>

'주중에 텔레비전 시청 절대 금지'라고 주장하는 미국의 한 아버지가 있다. 그는 아이들이 학교 교육에 충실할 수 있도록 작은딸은 8시 30분, 큰딸은 9시에 잠자리에 들도록 한다. 교육에 관심이 많은 그는 이렇게 외친다.

"당신이 아무리 가난해도 자녀를 위해 텔레비전을 끌 수 있다." [22]

텔레비전을 끄면 자동적으로 책 읽을 시간이 늘어나고, 그것이 아

---

22) 미국 패션 월간지 《에센스(essence)》, 《한국교육신문》, 2010년 3월 15일자, 경향신문 오창민 기자의 글 재인용.

이의 미래를 만든다는 것이다. 그의 이름은 버락 오바마이다.

독서의 힘, 오바마는 그것을 잘 알고 있었고 그 힘을 통해 대통령의 자리에 오를 수 있었다. 그가 우리나라의 전문대학과 유사한 옥시덴탈 대학에서 컬럼비아대학으로, 그리고 다시 최고의 명문인 하버드대학으로 진학할 수 있었던 것도 바로 독서의 힘이었다.

그는 기회가 있을 때마다 강조한다.

"교육은 여전히 모든 기회의 토대입니다. 그리고 그 토대를 떠받치는 가장 기본적인 벽돌은 역시 독서입니다. 21세기 벽두에 지식이 진정한 힘이요, 읽기 능력이 기회와 성공의 문을 여는 열쇠인 세상에서 부모와 사서로서, 교육자와 시민으로서 우리 모두는 아이들에게 책을 사랑하는 마음을 불어넣어 꿈을 이루게 할 기회를 부여할 책임이 있습니다." [23]

리더(Leader)가 되고 싶은가? 나의 자식을 리더로 만들고 싶은가?

그렇다면 리더(Reader)가 되어라. 나의 자식을 리더로 만들어라.

'리더(Reader)'가 '리더(Leader)'임은 오바마가 증명해 보이지 않았는가.

글쓰기 능력을 기르기 위한 기초는 독서이다. 많이 읽은 사람, 잘 읽은 사람이 잘 쓸 수 있다. '책을 읽는' 것은 자주 접하지 않으면 안 될 인생의 어깨동무이다.

앞에서 살펴보았듯이 입학사정관제에서는 대학이 가장 필요로

---

23) 2005년 미국도서관협회 기조연설.

 스토리텔링에 강한 아이로 키워라

하는 것은 사고력과 창의력, 자기표현 능력이다. 이런 능력들은 대학 입시뿐 아니라 취직 시험에서도 가장 중요시 여기는 것들이다.

직접 만져보고 체험해보는 것, 하나의 사안에 대해 집중적인 토의와 토론을 해보는 것 등 여러 방법이 있지만 시간을 절약하고 가장 효율적으로 이것들을 기를 수 있는 방법이 바로 독서이다. 단호히 말하건대 독서가 기본이 되지 않고서는 절대 라이팅 파워를 기를 수 없다.

라이팅 파워를 기르기 위해서는 독서를 바탕으로 글쓰기 훈련이 뒷받침되어야 한다. 라이팅 파워는 글쓰기를 통해 창의력, 사고력을 키우고, 문장력과 자기표현 능력을 함께 길렀을 때 더욱 세어진다고 할 수 있다.

집에서 쉽게 실천할 수 있는 효과 큰 독서법을 소개한다.

SQ3R 과정 독서법

성공하는 독서법에 대해 알아보자.

독서법에는 여러 가지가 있다. 그중 가장 효과 높은 것으로 미국 오하이오주립대학의 프린시스 로빈슨 교수가 제시한 SQ3R 과정 독서법이 있다. 로빈슨이 분석해보았더니 책을 읽는 사람들 대부분이 효율적이지 못하게 독서를 하고 있다는 것을 발견했다. 그래서 효율적인 독서를 위한 독서 향상법으로 제시한 것이 SQ3R 과정 독서법이다.

SQ3R은 훑어보기(Survey), 질문하기(Question), 읽기(Read), 되새기기(Recite), 다시보기(Review)의 5단계로 구성되어 있다.

1. 훑어보기(Survey, S)

글을 읽기 전에 미리 내용을 생각해보는 단계이다.

책을 읽기 전에 전개될 요점들을 알아보기 위하여 책 제목이나 소제목을 훑어보는 것이다. 이것을 보고 전체 내용을 짐작하게 한다. 1분 이상이 걸리지 않도록 하고 소제목만 보고 내용이 어떻게 전개될지 생각해보는 것이다.

이렇게 하여 독서의 오리엔테이션을 거치면 이후에 독서를 하면서 아이디어를 조직하는 데 도움이 된다.

예)『마당을 나온 암탉』의 소제목들이다.

1) 알을 낳지 않겠어! 2) 닭장을 나오다 3) 마당 식구들 4) 친구 5) 이별과 만남 6) 마당을 나오다 7) 떠돌이와 사냥꾼 8) 엄마, 나는 꽥꽥거릴 수밖에 없어 9) 저수지의 나그네들 10) 사냥꾼을 사냥하다 11) 아카시아꽃처럼 눈이 내릴 때

이런 소제목들을 읽고 어떤 내용이 전개될지 상상해보는 것이다.

 스토리텔링에 강한 아이로 키워라

2. 질문하기(Question, Q)

제목과 소제목을 의문 형식으로 바꾸어보는 단계이다.

글의 제목이나 소제목 등을 질문으로 바꾸어 마음속으로 대답을 해보는 방식이다. 의문형으로 바꾸면 호기심을 북돋우고 이해를 돕는다. 이 의문형에 답을 찾아가는 식으로 독서를 해나가게 된다.

예) 왜 제목이 '마당을 나온 암탉'일까? 마당에 사는 닭이 왜 마당 밖으로 나왔을까? 누가 쫓아내지 않았을까? 쫓아낸 것이 다른 닭일까, 아니면 사람일까?

3. 읽기(Read, R)

차분하고 자세하게 읽는 단계이다.

자신이 가진 의문형에 답할 수 있도록 읽는다. 막연하게 읽는 것이 아니라 해답을 찾아가며 적극적으로 자세히 읽는 것이다. 자신이 중요하다고 생각하는 곳에 별표, 밑줄, 물음표, 느낌표를 표시하면서 읽는다.

4. 되새기기(Recite, R)

지금까지 읽은 내용을 요약하고 정리하는 단계이다.

영어로 해석하면 암송하기지만 자신이 가진 의문형에 답을 하고 읽은 내용을 요약하고 정리하는 단계로 보면 된다. 머릿속에서 질문과 대답을 외워보면 책 속에 어떤 내용이 있는지 알게 된다. 기억나지 않을 때는 앞으로 돌아가 다시 한 번 살펴보아도 된다. 종이에다 구절들을 짧게 적어두는 것도 이 방법에 해당한다.

5. 다시보기(Review, R)

지금까지 읽은 내용을 살펴보고, 전체 내용을 정리하는 단계이다. 다 읽었으면 책장을 덮고 책의 내용을 음미해보는 것이다. 작가의 입장에서 책 내용을 생각해보기, 나라면 이 책을 어떻게 썼을지 등을 생각하고 기록하는 정리 단계이다.

지금까지 살펴본 SQ3R 독서법은 초등학교 고학년과 중학생에게 적합한 방법이라고 할 수 있다. 아이가 처음부터 이런 방법으로 책을 읽기는 어려울 것이다. 하지만 두세 번만 부모와 함께 진행해보면 어렵지 않게 할 수 있다. 사고를 자극하고 지식을 조직화하는 데 도움이 되므로 자녀에게 적용하면 좋은 독서법이다. 가정에서 잘 실천하면 효과가 클 것이다.

독서가 바탕이 되면 글쓰기의 기초는 이루어졌다고 할 수 있다. 연령별이나 글쓰기 수준에 따라, 또 독서 능력에 따라 글쓰기 훈련은 달라져야 한다.

라이팅 능력을 기르기 위해 편리하고, 흥미를 느낄 수 있으며, 효과 좋은 방법을 핵심만 간추려 몇 가지 소개하고자 한다.

 스토리텔링에 강한 아이로 키워라

내 묘비명에 남기고 싶은 말 쓰기

유명한 사람의 묘비에는 그의 생애를 함축하는 글이 새겨져 있다.

미국의 유명한 극작가 버나드 쇼는 묘비에 "우물쭈물하다 내 이럴 줄 알았다(I knew if I stayed around long enough, something like this would happen)."는 글을 남겼고, 최고의 교육자인 페스탈로치의 묘비에는 "모든 일을 남을 위해 했을 뿐, 그 자신을 위해서는 아무것도 하지 않았다."는 글이 새겨져 있다.

자신의 하루 이야기를 이렇게 짧은 묘비명으로 적어보면 일기에 대한 부담도 적으면서 라이팅 능력을 기를 수 있다.

내 멋대로 광고 문구 만들기

빠름. 빠름. 빠름. 엘티이 워프 올레(KT)

니들이 게맛을 알아(롯데리아)

사람을 향합니다(SK텔레콤)

침대는 가구가 아닙니다. 과학입니다(에이스침대)

광고 하나로 사람들의 마음을 확 끌어 잡은 대표적인 문구들이다.

이런 것처럼 방송이나 영화, 드라마에서 보았던 글귀들을 창의력을 보태어 바꾸어보는 것이다. 자녀 스스로 공부할 때 멍청하게 앉아 있을 경우를 떠올리며 '책상에만 앉아 있는 당신, 잠 깨라' 같은 글로 바꾸어본다든지, '책상은 침대가 아닙니다. 성적표입니다' 같은 걸로 바꾸어보는 것이다.

자녀가 인상 깊게 본 광고의 문구, 영화 대사, 또는 노래 가사나 책의 한 구절 등 생각나는 것을 간단히 적어보고 그것을 바꾸어보는 글쓰기를 하는 것이다.

머리를 빠르게 돌려보고, 천천히 돌려보고, 비틀어보고, 꼬집어보고, 거꾸로 생각해보며 나만의 '내 멋대로 광고 문구'를 만들어보는 것이다.

좋은 문구, 허를 찌르는 문구, 상품을 또렷히 기억하게 만드는 문구가 그 상품의 가치를 높여주듯이 잘 만든 '내 멋대로 광고 문구'는 자녀의 라이팅 능력을, 논술 실력을 업그레이드해주는 놀라운 힘을 발휘할 것이다.

'문장 만들기 놀이' 하기

창의력을 키우는 라이팅 능력 기르기의 하나로 '문장 만들기 놀이'를 제안한다. 먼저 단어 쓰기부터 시작해보는 것이다.

가벼운 '끝말잇기'부터 시작해본다. 대신 시간을 정확하게 재어야 한다. 열 칸에 30초 정도면 적당하다. 이 안에 통과하지 못하면 탈락이다.

다음에 제시한 방법과 순서대로 하되, 단어는 자녀가 원하는 대로 교체하면 된다.

<끝말잇기>

가방 - (   ) - (   ) - (   ) - (   ) - (   )

    - (   ) - (   ) - (   ) - (   ) - (   )

ex) 가방 - 방문 - 문자 - 자두 ……

그 다음은 중간이나 끝 부분에 아무 글자나 넣어둔다. 이것의 제한 시간은 1분 정도가 적당하다.

<제시된 끝말잇기>

친구 - (   ) - (   ) - (   ) - (   ) - (   )

    - (사장) - (   ) - (   ) - (   ) - (   )

ex) 친구 - 구두 - 두부 - 부인 - 인사 - 사장 - 장군 - 군사 - 사치
    - 치과 - 과자 - 자두

조금 어려울 것이다. 하지만 이제부터가 본격적이다. 단어를 통해 연상되는 단어를 떠올려 적어보는 것이다. 제한 시간은 좀 더 늘려 2분으로 잡는다.

축구 - (   )-(   )-(   )-(   )-(   )

    -(   )-(   )-(   )-(   )-(   )

ex) 축구 - 데이비드 베컴 - 머리스타일 - 스프레이 - 미장원……

이런 식으로 자신이 알고 있는 단어들을 자유롭게 사용하면서 창의적으로 단어들을 만들어내는 것이다.

그 다음은 문장 놀이로 넘어간다. 먼저 앞에서 생각해본 '연상 단어 잇기'를 한 번 해본 후에 그 연상 단어들로 문장을 만들어낸다. 이것은 시간을 정해주거나 스스로 시간을 정해 그 안에 하면 된다.

(초등학교 저학년은 30분 이상, 고학년은 20분, 중학생은 10~20분 정도로 하면 적당하다. 그러나 시간에 얽매일 필요는 없다.)

〈연상 단어로 문장 만들기〉

극장 - (조조할인)-(소음   )-(신발   )-(미인   )-(   )

    -(   )-(   )-(   )-(   )-(   )

며칠간 벼르던 영화를 보러 가기 위해 아침 일찍 일어났다. 내가 아침부터 극장에 간 이유는 단 한 가지. 조조할인으로 2000원이 싸기 때문이다. 2000원이면 어딘가? 영화를 보면서 음료를 마실 수 있지 않은가? 하지만 음료를 얻은 대신 나는 영화 보는 자유를 잃었다. 아침부터 극장을 찾아온 시시껄렁한 네 친구들의 소음 때문이었다. 그들은 영화를 보는 내내 떠들며 킥킥댔다. 좌석에 다리를 턱 하니 올려두고 말이다. 극장에서 신발은 그들에게는 전혀 필요 없는 방해꾼처럼 보였다. 하지만 그들의 그 소란스러움은 영화에서 8등신의 미인이 나오는 순간 우선멈춤이었다. ……

이 정도 만드는 것도 만만치 않을 것이다. 하지만 이것을 적는다, 라고 생각하지 말고 '문장과 논다'라고 생각하면 그다지 어렵지 않게 해낼 수 있다. 이것은 자녀의 머릿속에 맴돌던 단어들을 자동판매기처럼 튀어나오게 만들고 머릿속에만 맴돌던 표현을 끄집어내 주는 역할을 한다.

엉뚱하게 생각하기 — 발상의 전환

장사가 잘 되는 옷가게가 있었다. 가게의 이름은 '장미 네 송이'였다. 그런데 이상하게도 간판에는 장미가 세 송이만 그려져 있었다.

사람들이 가게로 들어와 물었다.

"사장님, 가게 이름은 장미 네 송이인데, 간판에는 왜 장미가 세

송이만 그려져 있죠?”

사장은 빙긋이 웃을 뿐이었다. 눈치챘을 것이다. 사장은 가게 이름과 간판의 장미 숫자를 다르게 함으로써 이미 사람들의 호기심을 끄는 데 성공했고, 가게로 들어온 사람은 이미 고객이 되었기에 장사가 잘될 수밖에 없었던 것이다.

발상의 전환. 엉뚱한 상상! 그것은 딱딱하게 굳어 있던 자녀의 머리를 달콤한 소프트 아이스크림처럼 살살 녹이고 부드럽게 만들어준다. 남들이 하지 않는 엉뚱한 상상을 해보고 그 답을 스스로 제시해보도록 하면 자녀의 창의적 글쓰기에 날개를 달아줄 것이다.

예를 들면 이런 상상을 해보는 것이다.

▶ 입기만 해도 날씬해지는 다이어트 속옷이 나온다면 어떨까?

▶ 신기만 하면 키가 커지는 신발이 나온다면 어떨까?

▶ 수영을 하고 있는데 수영장에 돌고래가 나타난다면 어떻게 해야 할까?

▶ 시험공부를 하는 동안 머리에 쓰고 있으면 성적이 어느 정도 나올지 미리 알려주는 모자가 있다면 어떻게 될까?

▶ 컴퓨터 모니터를 원이나 삼각형 모양으로 바꾼다면 어떨까?

이처럼 자신만의 엉뚱한 상상을 하고 그것에 대한 답을 적어본다면 경직되어 있는 머리는 두뇌 체조를 시작하게 될 것이다.

발상을 전환하는 창의적인 생각을 하려면 2W1H 방식으로 사고하는 습관을 들이는 것이 좋다.

2W는 왜(Why), 무엇을(What)이고, 1H는 어떻게(How)이다. 즉 무언가를 할 때는 왜 하는지를 먼저 생각하고, 무엇을 할 것인지 자세한 계획과 다양한 발상을 해보는 것이다. 그다음 어떻게 그것을 적용하고 활용하고 표현할 것인지를 생각하고 그대로 실행하는 것이다.

주제 일기 쓰기

라이팅 파워를 길러주는 종합선물세트가 있다. 그것은 바로 '일기'이다. 글쓰기를 따로 하기 힘든 상황이라면 일기 쓰기를 잘 이용하는 것도 좋은 방법이다.

일기는 자신의 역사책이며, 하루 중 보고, 듣고, 느낀 일, 한 일을 적음으로써 논리력과 문장력을 튼튼하게 해준다. 즉 일기는 글쓰기를 잘하게 만드는 기본 체조와 같다. 다양한 주제로 쓰다 보면 자녀의 라이팅 파워도 늘어날 것이다. (구태여 일기라는 형식이 아니어도 된다. 하나의 주제를 제시하고 글쓰기를 해도 괜찮다.)

1	10년 후의 오늘 일기 쓰기
2	내가 좋아하는 책 제목으로 삼행시 짓기
3	신문광고 장면 오려서 말주머니 일기 쓰기
4	내가 동물·식물과 이야기할 수 있는 능력이 있다면 상상 일기 쓰기
5	하루가 25시간이라면 남은 한 시간 동안 무엇을 할까 일기 쓰기
6	오늘 있었던 일을 신문 기사로 써보기
7	20년 후의 오늘 일기 쓰기
8	내가 죽는다면 묘비에 어떤 말을 새길지 일기 쓰기
9	내가 만약 컴퓨터라면?
10	내용 중에 속담이 들어가는 일기 쓰기
11	자기 자신에게 편지 쓰듯 일기 쓰기
12	애완동물의 하루를 관찰하고 내가 동물의 마음이 되어 일기 쓰기
13	내가 키가 큰 거인이라면 어떨지 상상하여 일기 쓰기
14	하루를 돋보기로 보듯이 자세히 관찰하고 일기 쓰기
15	내가 선생님이라고 상상하여 일기 쓰기
16	내가 교과서를 만드는 사람이라면 어떤 교과서를 만들지 적어보기
17	내가 학교를 운영하는 사람이라면 학교를 어떻게 운영할지 적어보기
18	위인전을 읽고 그 사람이 나라고 상상하여 일기 쓰기
19	나의 오늘 하루를 엄마에게 편지 쓰듯이 써보기

라이팅 디자이너 되기 —'글의 설계도'를 만드는 설계사 되기

좋은 글을 쓰기 위해서는 정리된 자료를 논리적 사고 과정에 따라 배열하고 줄거리를 엮어 잘 짜인 설계도를 미리 마련해두어야 한다. 논리적인 글쓰기를 병행해야 막강한 라이팅 파워를 가질 수 있다. 그러려면 글의 설계도를 잘 만드는 설계사가 되어야 한다.

글의 설계도를 어떻게 짜야 할지 알아보자. 서론, 본론, 결론 부분에는 각각 어떤 내용이 들어가야 할까?

서론

1. 글의 주제에 맞는 문제를 제시
2. 다음 글 전체의 주제를 제시
3. 자신의 주장을 암시하거나 요약한 문장 쓰기

본론

1. 기존의 이론과 개념 정의
2. 주제에 대한 자세한 설명
3. 주제의 장단점, 논란이 되고 있는 사항
4. 그에 따른 자신의 주장과 해결 방안(논리 있는 글로 제시)
5. 다른 견해에 대한 반박과 자신의 주장을 뒷받침하는 근거

 스토리텔링에 강한 아이로 키워라

본론에서는 분량도 많고 내용도 많으므로 본론 1-1), 1-1)-(1) 등 소항목까지 구체적으로 내용을 한정해놓는 것이 효과적이다.

결론

1. 자신의 주장 짧게 재강조

2. 그에 따른 예측과 전망

가장 중점이 되는 부분이니 먼저 결론을 작성해보는 것이 좋다. 결론을 명확하게 해두면 서론은 자연스럽게 나오곤 한다. 결론부터 적어서 서론과 본론을 만들어내는 설계도형 글쓰기를 연습한다.

초등학교 6학년인 한 소년이 있었다. 소년은 지지리도 가난했다. 별명이 '돌콩'이었던 소년은 키가 전교에서 가장 작았다. 그렇지만 누구보다 성실한 소년의 모습을 지켜본 담임 선생님은 그에게 전교 회장 출마를 권유했다.

가난하고, 키도 작고, 자신감까지 부족했던 소년은 출마할 수 없다고 했다.

"샘예, 저는 키도 제일 작은데 우째 전교 회장에 나갈 수 있겠습니꺼."

담임 선생님이 말했다.

"야, 키가 작은 기 무슨 단점이고. 나폴레옹이 키가 크나? 모택동이 키가 크나?"

그 말 한마디에 소년은 자신감을 얻고 전교 회장 선거에 나갔다. 소년은 선거 유세 때 이렇게 이야기했다.

"작은 고추가 더 맵심니더."

소년은 가난하고 키도 작았지만, 게다가 이전까지 자신감도 없었지만 결국 경남 진영 대창초등학교의 전교 회장이 되었다. 그리고 자라나서 국회의원이 되었고, 대통령이 되었다.

"상고를 졸업했음에도 불구하고 대통령이 될 수 있었던 이유는 무엇이라고 생각하십니까?"

대통령에 당선되어 청와대에 입성하는 날 한 기자가 물었다.

"어린 시절 아무것도 아니었던 제가 진영 대창초등학교에서 전교 회장에 도전했고 당선되었던 것이 지금의 나를 있게 해준 것 같습니다."

그렇다. 그 소년은 고 노무현 대통령이다. 한 국가를 이끄는 리더로 만들어주었던 힘, 그 힘의 기저에는 어린 시절 다른 사람 앞에 서본 리더십이 있었던 것이다.

<u>스토리텔링 능력을 갖춘 아이로 만드는 것의 완성은 리더십 갖추기에 있다고 해도 과언이 아니다.</u> 자녀의 미래 능력 중에 예전에는 학습 능력이 절대적으로 중요했다고 한다면 이제는 리더십을 갖추는 것이 그 배턴을 이어받았다고 할 정도로 리더로서의 경험, 리더

로서의 능력이 급속하게 부각되고 있다.

교육 현장에서, 강연장에서 부모님들을 만나면 답답함을 느낄 때가 있다. 아직도 오직 학력이 내 아이의 모든 것을 담보해주리라는 착각을 하는 경우가 너무도 많기 때문이다.

"학생 회장 하면 여기저기 불려 다녀야 하고 신경 쓸 것도 많으니 방해만 되잖아요."

"동아리 회장 같은 것을 하면서 시간 낭비하는 아이들을 보면 답답해요."

시대가 요구하는 바도 변했고, 교육의 선발 제도도 변했고, 미래 사회에서 필수적으로 갖추어야 할 능력도 변했다. 이제 그 변화를 민감하게 받아들이는, 멀리 보는 부모가 되어야 한다.

이런 고민을 가진 부모님도 있을 것이다.

"맞벌이를 하기 때문에 도저히 시간이 안 나는데 학급 회장을 시켜도 되나?"

"전교 회장을 하면 돈이 많이 든다던데 우리 형편에 시킬 수가 있나?"

자신의 아이가 학급 회장이나 전교 회장을 하게 되면 경제적 부담이 클 것이라고 생각하는 부모님이 아직도 있는 것 같다. 그러나 회장을 하면 돈이 얼마가 든다더라 하는 말은 옛날 기부금을 요구하는 간 큰 교장이 있던 시절 이야기다.

미래 사회는 자신을 표현하고 다른 사람을 이끌 수 있는 능력이

 스토리텔링에 강한 아이로 키워라

가장 중요시된다. 초등학생이 이런 능력을 기르는 데는 학급 회장이나 전교 회장만 한 기회가 없다. 사람들 앞에 나설 기회가 많이 부여되기 때문이다. 그 외에도 장점은 무척 많다.

학창 시절 리더로서의 경험을 지니지 않은 사회 유명 인사는 드물다

사회 유명 인사들 치고 학창 시절 임원을 경험하지 않은 사람은 거의 없을 정도이다. 다음의 조사 자료를 보면 더욱 실감하게 될 것이다.

▶ **정치인**

※박근혜: 성심여중·여고, 중학교 2학년~고등학교 2학년까지 4년 연속 반장

※강금실: 경기여고 고3 반장, 학생 회장

※이명박: 고려대 상대 단과대 학생 회장

※노무현: 진영 대창초등학교 전교 어린이회장

▶ **연예인**

※하지원: 서울 화양초등학교 5년 연속 반장

※보아: 구리 양정초등학교 전교 어린이회장

※박경림: 서울 신도초등학교 전교 어린이회장

※이승기: 서울 노곡중, 상계고 전교 회장

※조정린: 서울 혜성여고 전교 회장

※세븐: 서울 홍익부속초등학교 전교 부회장

※김태우: 구미 형곡중(전 학년 반장) 전교 회장,
　　　　 초등학교 때 전교 회장

※오지호: 9년 동안 반장, 전교 회장

▶ 아나운서

※김보민: 초등학교 전교 어린이회장

※강수정: 숙명여고 전교 회장 낙선

"학생회 임원을 한 사람들 중에서 사회 유명 인사들이 많이 배출되는 이유는 무엇일까?"

이처럼 어리석은 질문은 없을 것이다. 학교와 사회는 연장선상에 있다. 리더로서 사람들을 이끌어본 경험, 리더로서 겪었던 성공과 실패의 경험, 그것이 사회에서도 고스란히 그 사람의 능력으로 발현된다는 것은 자명한 사실이다.

교육의 선발 제도도 리더십을 갖춘 사람에게 유리하다

입학사정관제가 실시되면서 중·고등학교 회장 경력은 대학 입시에서도 아주 유용하게 쓰인다.

입학사정관제 전형 중 하나로 리더십을 갖춘 아이들을 선발하는 '리더십 전형'이 있다. 그리고 리더십을 갖춘 학생을 선발하는 비율이 매년 늘어나고 있다.

대학	모집시기	전형 이름	모집인원	전형요소별 반영비율	최저학력기준
경기대	수시 1차	KGU 감성인재	21	1단계(3배수): 학생부 50% + 서류평가 50% 2단계: 1단계성적 50% + 면접 50%	없음
경희대	수시 1차	네오르네상스 (리더십/국제화/과학/문화/모범봉사)	262	1단계(3배수 내외): 서류 100% 2단계: 1단계성적 60% + 면접 40%	없음 (한의예과 제외)
동국대	수시 1차	Do ACTIVE	107	1단계(3배수): 학생부 70% + 서류 30% 2단계: 1단계성적 60% + 면접 40%	없음
서울여대	수시 1차	바롬플러스형 인재	337	1단계(3배수): 학생부 33.3% + 서류 66.7% 2단계: 학생부 20% + 서류 40% + 심층면접 40%	없음
성균관대	수시 1차	리더십 전형	150	1단계(2배수): 학생부 40% + 사정관평가 30% 2단계: 1단계 성적 70% + 면접 30%	없음
성신여대	수시 1차	성신리더십 우수자	130	1단계(3배수): 서류평가 100% 2단계: 1단계성적 40% + 면접 60%	없음
세종대	수시	창의적 리더십	110	1단계: 서류평가로 2~3배수 선발 2단계: 1단계성적 50% + 면접 50%	없음
숙명여대	수시 1차	지역핵심 인재전형	234	1단계: 서류 100% 2단계: 1단계성적 40% + 면접 60%	없음
숙명여대	수시 1차	학교장추천 리더십	100	1단계(3배수): 학생부 60% + 서류 40% 2단계: 1단계성적 40% + 면접구술 60%	없음
이화여대	수시 1차	지역우수인재	200	우선: 교과 80% + 서류 20% 일반: 교과 60% + 서류 20% + 면접 20%	없음

다음은 2012학년도 입시에서 리더십 전형으로 학생을 선발한 학교들이다. 최저 학력 기준을 유심히 보라. 리더십 전형으로 학생을

선발하는 대부분의 학교들이 수능 최저 등급을 적용하지 않는다. 즉 일정한 정도의 내신과 면접, 자신의 리더십 스토리가 담긴 소개서를 통해 대학에 입학할 수 있는 것이다.

리더십 전형의 이름은 '감성인재', '르네상스인재', '리더십 전형', '창의적 리더십' 등 다양하지만 핵심은 '리더십을 갖춘 학생'을 선발한다는 것이다. (2013학년도 예를 들면 성균관대는 리더십 전형 등 다른 여러 전형들을 합쳐서 '성균인재 전형'이라는 이름으로 통합하여 리더십 전형을 실시했다.)

그렇다면 리더십 전형이라고 하면 꼭 학급 회장, 전교 회장 등 간부 활동 경험이 있어야 하는가? 절대 그렇지 않다. 리더십이라는 것은 임원 활동만으로 길러지는 것이 아니다. 리더십을 기르는 활동 중의 한 방법일 뿐이다.

리더십 전형은 어떤 분야의 리더로서 어떠한 리더십을 보였는가를 평가하는 제도이다. 자신이 앞장서는 것뿐 아니라 팀원으로서 조직의 단합 등을 어떻게 이끌어나갔는지도 리더십의 평가 항목에 들어간다.

즉 리더십은 동아리 등의 계발 활동, 봉사 활동, 학내 선도 활동, 소통 활동 등 수많은 방법이 있다.

실제로 학생 회장 등의 경험 없이 리더십을 길러 대학에서 '리더십 전형'으로 합격한 학생은 많다.

성균관대 자연과학계열 1학년 김은진(19) 씨는 동아리 활동만으로 입학사정관제 리더십 전형에 합격했습니다. 김 씨는 고등학교 때 수원여고 환경 과학 동아리 기장을 역임했습니다. 실험하는 것보다 환경 캠페인처럼 활발한 활동을 하는 것에 매력을 느껴서입니다. 하지만 2학년이 되어 위기가 찾아왔습니다. 1학년 회원 6명 중 3명이 탈퇴했습니다. 동아리 분위기는 침체됐고, 회원들의 의욕은 사라졌습니다. "뭔가 해야겠다고 생각했어요. 동아리에 활기를 불어넣을 수 있는 활동을 찾았죠." 그러다 제4기 환경부 생물자원보전청소년 리더를 선정한다는 모집 공고를 발견했습니다. 회원들과 논의해 '멸종 위기의 백로와 반딧불이를 보전하고 생물 다양성을 지키는 데 앞장서겠다'는 내용의 제안서를 제출했습니다. 제안서는 채택이 되었고, 두 달 동안 캠페인 활동을 진행했습니다. 동아리는 다시 활기를 찾았습니다. "인원이 줄어 오히려 잘됐다고 생각해요. 의견을 나누고 협동하는 데 효과적이었거든요, 전화위복이 됐죠." 김 씨는 입학사정관제 리더십 전형에 지원했을 때에도 이런 경험을 토대로 자기소개서를 작성했습니다. 성균관대학교 권영신 선임 입학사정관은 "리더로서의 경험과 팀이 위기에 처했을 때의 대처 방안이 중요하다."고 말했습니다.

204

대학 입시에서뿐이 아니다. 자기소개서의 역할이 확대되는 외국어고, 과학고에서 실시하는 입시 전형인 '자기주도적 학습 전형'에서도 마찬가지다. 리더로서의 스토리를 가진 학생에게 가중치 점수를 주는 것은 시대 흐름에 발맞추는 당연한 결과이다.

자녀를 리더로 키우고 싶은 것은 모든 부모의 바람일 것이다. 이제 그 바람을 마음 한쪽 귀퉁이에 고이 모셔두어서는 안 된다. 직접 그 기회의 장을 만들어주어야 한다.

학급 회장, 전교 회장뿐 아니라 축구클럽 회장, 합창단 참여, 봉사활동 참여 등 여러 활동을 통해 주도적인 역할을 할 수 있는 기회를 부여하는 것, 그런 모든 것들이 자녀를 미래의 리더로 키우는 부모의 역할이다.

그리고 이것은 내 아이를 미래 사회의 주역이 될 '스토리'를 가진 아이로 키우는 정점의 역할을 해줄 것이다.

 스토리텔링에 강한 아이로 키워라

자기소개서

이미리

제 책상 위에는 가난한 가발공에서 미국의 하버드 대학의 박사학위까지 따며 인간 승리의 표본을 보여준 서진규 박사님의 이런 글이 붙어 있습니다.

"나는 무슨 일에 도전하기에 앞서 항상 세 가지 리스트를 작성합니다. 첫째, 나에게 꼭 필요한 것은 무엇인가. 둘째, 내가 가지고 있는 것은 무엇인가. 셋째, 나는 무엇을 준비해야 하는가. 이 세 가지 문제에 답할 수 있다면, 현재의 나를 정확히 파악하고 있는 것입니다. 희망에 도전하려는 나를 알고 있다면, 그 희망은 이미 절반을 이룬 셈입니다. 그런 후엔, '죽을 각오'를 하고 희망을 향해 돌진하는 것입니다."

저는 이번 문예창작영재 교내선발시험에 지원한 이미리입니다. 저는 현재 현암초등학교 4학년에 재학하고 있습니다. 저는 서진규 박사의 이 말을 늘 가슴속에 새기고 지금의 나는 어떤 사람이며, 내가 가야 할 길은 어디이며, 내 꿈을 위해 내가 해야 할 일들을 곰곰이 생각해보고 있습니다.

　그래서 고민 끝에 선택한 첫 걸음이 바로 문예창작영재 선발에 지원하는 것이었습니다.

　현재 저의 모습은 아직까지는 수학, 과학 과목 실력에서 부족할지 모르지만 나에게 진정으로 필요한 것, 나는 무엇을 준비해야 하는가를 고민한 끝에 문예창작원이야말로 나의 꿈을 실현하기 위해 가장 적합한 곳이라고 생각해 지원하게 되었습니다.

　저는 어릴 때 남보다 특별하진 않았지만 어머니께서 직장에 나가셨기 때문에 혼자서 책 읽는 것을 즐겼습니다.

　엄마의 남다른 교육 방법은 독서를 많이 하도록 나에게 자극을 준 것입니다. 독서가 뭐가 남다르냐고 하겠지만 독서는 지금의 저를 있게 해준 버팀목이고, 저의 사고력을 높여준 일등공신이 아닐 수 없습니다.

　남들은 다 독서가 중요하다고 말하지만 그것을 체계적인 습관으로 만들어준 어머니의 교육 방법은 아주 특별하다고 생각합니다.

　저는 4학년에 올라와서 〈나의 비전 노트〉를 쓰기 시작하고 있습니다. 이것은 우리 담임선생님이신 한승리 선생님께서 권해주신 방법입니다.

　1년, 5년, 10년, 20년 단위로 자신이 성취해야 할 것들을 적고, 그것을 이루기 위해 실천해야 할 것들을 적어두는 나만의 비밀 노트인 셈입니다.

"자신의 목표와 비전을 머릿속으로만 생각하지 말고, 그것을 적고, 마음속으로 계속 새겨보는 사람은 그것을 현실로 만드는 사람이 되고 만다."라는 선생님의 조언에 따라 작성하기 시작한 것입니다.

그 노트의 '20년 후의 나의 모습'에는 커다랗게 '외교관'이라는 나의 꿈이 적혀 있습니다.

저는 우리나라를 널리 알리고 해외에 사는 우리나라 국민들을 보호하는 도우미인 '외교관'이 되고 싶습니다. 반기문 유엔사무총장님과 한비야 국제구호개발기구 월드비전 긴급구호팀장님이 제가 닮고 싶은 인물입니다. 반기문 총장님의 외교관으로서의 능력과 한비야 팀장님의 봉사 정신을 합친 외교관이 되는 것이 저의 꿈입니다.

작년에 부모님과 함께 저는 세계 최고 수준의 기업인 포항의 포스코에 체험 학습을 간 적이 있습니다. 포항에 있는 포스코 공장에 가니 정문 앞에 인상적인 표어 하나가 적혀 있었습니다.

'자원은 유한, 창의는 무한.'

그렇습니다. 현재의 시대에 가장 중요한 것은 천연자원이 아닙니다. 바로 인간이라는 자원입니다.

저 이미리도 꼭 문예창작영재원에 입학하여 더 넓게 배워 훗날 우리나라를 빛낼 인간 자원이 되고 싶습니다.

storytelling planner

3 2013 March

스토리텔링은 스토리(STORY) + 텔링(TELLING)의 합성어로, 상대방에게 알리고자 하는 바를 재미있고 생생한 이야기로 설득력 있게 전달하는 행위이다.

	SUN	MON	TUE
Things to do 1st Week			
2nd Week	3	4	5 경칩
3rd Week	10	11	12
4th Week	17	18	19
5th Week	24/31	25	26

WED	THU	FRI	SAT
◎ 경시대회 일정		1 삼일절 서울특별시 과학전람회 소속 학생	2
6	7	8	9
13	14	15	16
20 춘분	21	22	23
27	28	29	30

◎ **경시대회 일정** [예선] 서울특별시 과학전람회 – 서울시 교육청 소속 학생 〈서류 접수: 3월〉

4
2013 April

아이의 적성, 인성, 장단점을 파악하라!

	SUN	MON	TUE
Things to do 1st Week		1	2
2nd Week	7	8	9
3rd Week	14	15	16
4th Week	21	22	23
5th Week	28	29	30

◎ **경시대회 일정** [교내 대회] 과학 탐구 실험 대회 – 초6, 중2 〈서류 접수: 4~6월〉

[교내 대회] 자연 관찰 탐구 대회 – 초5, 중1 〈서류 접수: 4~6월〉

WED	THU	FRI	SAT
3	4	5 식목일·청명·한식	6
10	11	12	13
17	18	19 4.19혁명기념일	20 곡우·장애인의날
24	25	26	27

[교내 대회] 청소년 과학 탐구 대회 – 초, 중, 고 〈서류 접수: 학교 내 공고〉
IET 국제 영어 대회 – 초3~고2 〈서류 접수: 4월〉

5

2013
May

이제 외국어고, 과학고 입시에서 성적 이상의 그 무엇,
바로 '스토리'가 있어야 합격할 수 있다.

	SUN	MON	TUE
Things to do 1st Week			
2nd Week	5 입하·어린이날	6	7
3rd Week	12	13	14
4th Week	19	20 성년의날	21 소만·부부의날
5th Week	26	27	28

WED	THU	FRI	SAT
1 근로자의날	**2**	**3**	**4**
8 어버이날	**9**	**10**	**11**
15 스승의날	**16**	**17** 석가탄신일	**18** 5.18민주화운동기념일
22	**23**	**24**	**25**
29	**30**	**31**	

◎ **경시대회 일정** [전기] 초등 수학 창의 사고력 대회(교대 경시) – 초4~6 〈서류 접수: 3월〉
[1차] 한국 수학 올림피아드(KMO) – 중, 고 〈서류 접수: 중 – 3월, 고 – 4월〉
[전기/예선] 한국 수학 인증 시험(KMC) – 초1~고3 〈서류 접수: 3월〉

6

2013
June

리더십 기르기에 도전하여 스토리텔링을 완성하라.

	SUN	MON	TUE
Things to do 1st Week	과학 창의 사고력 대회(교대 경시) – 초4~6 〈서류 접수: 5월〉	초, 중, 고 〈서류 접수: 5월〉	
2nd Week	2	3	4
3rd Week	9	10	11
4th Week	16	17	18
5th Week	23/30	24	25 _{6.25사변일}

◎ **경시대회 일정** 초등 과학 창의 사고력 대회(교대 경시) – 초4~6 〈서류 접수: 5월〉
서울특별시 청소년 과학 탐구 대회 – 초, 중, 고 〈서류 접수: 5월〉

WED	THU	FRI	SAT
	전국 학생 과학 발명품 경진 대회		1
5 망종	6 현충일	7	8
12	13 단오	14	15
19	20	21 하지	22
26	27	28	29

전국 학생 과학 발명품 경진 대회 – 초, 중, 고 〈서류 접수: 5월〉

[전기/본선] 한국 수학 경시대회(KMC) – 한국 수학 인증 시험 예선 통과자

체험 학습 포트폴리오를 작성하라!

	SUN	MON	TUE
Things to do		1	2
1st Week			
2nd Week	7 소서	8	9
3rd Week	14	15	16
4th Week	21	22	23 대서·중복
5th Week	28	29	30

WED	THU	FRI	SAT
3	4 ◎ 창의력 대회 – 초4~고3 〈서류 접수: 6월〉 한국 물리 올림피아드 – 중, 고 〈서류 접수: 5월〉	5	6
10	11	12	13 초복
17 제헌절	18	19	20
24	25	26	27
31			

◎ **경시대회 일정** 한국 과학 창의력 대회 – 초4~고3 〈서류 접수: 6월〉
한국 물리 올림피아드 – 중, 고 〈서류 접수: 5월〉

봉사 활동으로 스토리를 만들어라.

	SUN	MON	TUE
Things to do 1st Week			
2nd Week	4	5	6
3rd Week	11	12 말복	13
4th Week	18	19	20
5th Week	25	26	27

WED	THU	FRI	SAT
	1 학생 탐구 발표 대회	2	3
7 입추	8	9	10
14	15 광복절	16	17
21	22	23 처서	24
28	29	30	31

◎ **경시대회 일정** [교내 예선] 학생 탐구 발표 대회 – 초4~고2 〈서류 접수: 학교 내 공고〉

[2차] 한국 수학 올림피아드(KMO) – 1차 성적 우수자 〈서류 접수: 여름학교 과정 후 2차 응시〉

자신을 표현하는 라이팅 파워를 키워라.

Things to do	SUN	MON	TUE
1st Week	1	2	3
2nd Week	8	9	10
3rd Week	15	16	17
4th Week	22	23 추분	24
5th Week	29	30	

11
2013
November

입학사정관제는 '스토리',
그것을 표현할 수 있는 '스토리텔링'과 일치하는 입시 제도이다.

	SUN	MON	TUE
Things to do 1st Week			
2nd Week	3	4	5
3rd Week	10	11	12
4th Week	17	18	19
5th Week	24	25	26

WED	THU	FRI	SAT
2	3 개천절	4	5
9 한글날	10	11	12
16	17	18	19
23 상강	24	25	26
30	31 할로윈데이		

◎ **경시대회 일정** 한국 영재 올림피아드 – 초3~중2 〈서류 접수: 7월〉

초등 수학 창의 사고력 대회(교대 경시) – 초4~6 〈서류 접수: 9월〉

한국 영재 올림피아드 – 초3~중2 〈서류 접수: 7월〉

10

아이가 가장 존경하는 마에스트로를 정해서 그 사람을 면밀히 조사하고
그 사람과 닮기 위해 노력, 행동할 수 있도록 도와라!

	SUN	MON	TUE
Things to do 1st Week			1
2nd Week	6	7	8 한로
3rd Week	13	14	15
4th Week	20	21	22
5th Week	27	28	29

WED	THU	FRI	SAT
4	5	6	7 백로
11	12	13	14
18	19 추석	20	21
25	26	27	28

WED	THU	FRI	SAT
		1	2
6	7 입동	8	9
13	14	15	16
20	21	22 소설	23
27	28	29	30

◎ **경시대회 일정** [후기/예선] 한국 수학 인증 시험(KMC) – 초1~고3 〈서류 접수: 10월〉

12 2013 December

	SUN	MON	TUE
Things to do 1st Week	1	2	3
2nd Week	8	9	10
3rd Week	15	16	17
4th Week	22 동지	23	24
5th Week	29	30	31

WED	THU	FRI	SAT
4	5	6	7 대설
11	12	13	14
18	19	20	21
25 성탄절	26	27	28

◎ **경시대회 일정** [후기/본선] 한국 수학 경시대회(KMC) – 한국 수학 인증 시험 예선 통과자

1

2014
January

자기 주도적 학습이라는 비밀 병기를 갖추어라.

	SUN	MON	TUE
Things to do 1st Week			
2nd Week	5 소한	6	7
3rd Week	12	13	14
4th Week	19	20 대한	21
5th Week	26	27	28

WED	THU	FRI	SAT
1 신정	2	3	4
8	9	10	11
15	16	17	18
22	23	24	25
29	30	31 설날	

2

2014 February

아이에게 자기소개서를 작성하게 하라.

	SUN	MON	TUE
Things to do 1st Week			
2nd Week	2	3	4 입춘
3rd Week	9	10	11
4th Week	16	17	18
5th Week	23	24	25

WED	THU	FRI	SAT
			1
5	6	7	8
12	13	14 정월대보름	15
19 우수	20	21	22
26	27	28	

★ 체험 학습 계획서

초등학교　　학년　　반　　번　이름

체험 학습 일시	2013년　　월　　일부터　　2013년　　월　　일까지		
체험 학습 장소			
체험 학습 주제			

체험 학습 활동 계획

시간		활 동 할 내 용	준 비 물
부터	까지		

알아보고 싶은 점		
체험 현장에 오가는 방법	집→현장	
	현장→집	
같이 참여할 사람		
조사 방법		

★ 가상 인터뷰

내가 꿈꾸는 직업을 가진 '마에스트로' ( ) 인터뷰	
직업	
근무하는 곳	
직업을 선택한 이유	
구체적으로 하는 일	
직업을 갖기 위해 필요한 노력	
보람을 느끼는 일	
어려운 점	
나에게 해주고 싶은 말